La première fille

Les Énigmes de l'Aube

Thomas C. Durand

Seconde édition 2021
N° ISBN 979 8 4841813 5 3

Durée : 90 minutes

Résumé :

L'Illustre Institut d'Ithtir est la plus prestigieuse école de magie. Seuls les meilleurs élèves peuvent y apprendre à développer leurs pouvoirs, et uniquement des garçons car de vieux messieurs ont décidé il y a longtemps que les filles ne sont pas douées pour ça. Mais alors, si jamais le meilleur élève s'avérait ne pas être exactement un garçon, que se passerait-il ?

Personnages : (par ordre d'apparition)

Ces messieurs Enseignants-Charmeurs de l'Institut portent des robes de mage à multiples replis et aux couleurs variées. Les élèves portent des blouses de couleur plutôt sombre. Ces dames sont vêtues avec plus de discrétion, de retenue et de bon goût que ces messieurs.

— Le directeur d'Ithtir, **Massuart l'Intriguant** (40-90 ans). Homme massif, corpulent, la voix forte, le tempérament emporté, mais l'esprit critique très érodé.

— Monsieur **Parpaille** (30-50 ans). Secrétaire personnel du directeur. Homme discret, très persuasif.

— **Udarget le Tâtillon** (20-30 ans). Jeune professeur. Un homme grand, dégingandé, avec des vêtements toujours trop courts pour lui. Il porte des favoris.

— **Madame Frambure** (30-50 ans). Intendante de l'Institut. Femme de caractère, comme le sont toutes les intendantes qui veulent survivre plus de quelques semaines à leur tâche. Elle ne s'en laisse par compter par ces messieurs les *Hommes de l'Ars*.

— **Le narrateur** (Vieux). Il s'agit au choix : de Terry ou bien de Méliandra, 79 ans après les faits (les magiciens vivent plutôt longtemps quand ils oublient de se faire exploser).

— **Méliandro** (Méliandra, 10 ans). Petite fille travestie en garçon pour avoir le droit de suivre les cours de l'Institut d'Ithtir où elle est l'une des meilleurs élèves.

— **Terry** (Tergaen Eltirien, 10 ans). Garçon curieux, intelligent, vif. Ami de Méliandro.

— **Dharen** (Sébarossi, 10 ans). Lui aussi est l'ami de Méliandro, mais il doit gérer le poids d'une tradition familiale où les grands magiciens sont nombreux. L'amitié passe souvent au second plan pour lui.

— **Madame Massuart** (40-90 ans). La femme du directeur. Elégante qui papillonne dans les salons. Elle est très heureuse qu'une fille puisse venir étudier ici. Mais alors il faut organiser une ségrégation sévère. Et instituer de nouveaux codes. C'est très important. Tous les mensuels le disent !

Avant-propos

Les Troyaumes vivent en paix depuis mille ans. On garde en mémoire les terribles débordements des légions d'antan, des machines vomissant feu et tonnerre et surtout de la dévastation semée par la magie de guerre. Même les plus nostalgiques n'osent pas regretter l'époque où les dragons furent dominés et chevauchés pour détruire forteresses et villages, exploités jusqu'à leur extinction, tandis que les grandes cités s'écroulaient sur le poids de leurs rancunes.

De ce passé lointain survivent des légendes, des sagas tragiques et le sentiment que la folie des grandeurs des anciens a fait d'eux de parfaits imbéciles.

Aujourd'hui la magie a gagné en sagesse. Les disciplines guerrières ne sont plus enseignées qu'à une poignée de passionnés qui s'attachent à faire survivre la beauté du geste et le souvenir des dangers d'un pouvoir trop ardemment désiré. Dans ce monde paisible, la magie est désormais au service des besoins de la société : agriculture, santé, transport, bâtiment, voire même comptabilité. On peut en apprendre le maniement un peu partout, en particulier dans les Ecoles des trois capitales, mais aussi et surtout au sein de l'Illustre Institut d'Ithtir.

Perché dans les montagnes, au bord de la Grande Faille des Dragons, le Troisi, comme on le surnomme, est le haut lieu de la pratique, de l'analyse et de l'enseignement des arts magiques depuis un peu plus de trois mille ans.

Chaque époque connait ses dérives, ses errements, ses excès ; les Troyaumes d'aujourd'hui croient que la magie savante est affaire d'Homme tandis que les Femmes s'accommodent bien d'une tradition orale, d'une sorcellerie déclassée pratiquée en plein air, dans la forêt. Il est entendu que les petits talents des bonnes femmes gèrent le quotidien, les menus soucis, se mâtinent de superstition et se résument souvent à voir les effets de la crédulité se réaliser par le truchement d'illusions, de trucages et de la négligence de la fréquence de base.

Mais les hommes, eux, connaissent la mécanique des courants telluriques, les dynamiques du souffle, la sémantique des runes et les équations qui transmutent la volonté en puissance agissante sur la matière et l'esprit. C'est pourquoi chacun trouve absurde d'enseigner la magie aux filles. L'Institut d'Ithtir est donc un lieu où l'excellence générale impose une non-mixité indiscutable.

Jamais aucune fille n'a été élève à Ithtir, et cela convient à tout le monde puisque personne n'aurait intérêt à oublier que si l'on a toujours fait comme ça, ce n'est pas sans raison et qu'il vaut mieux travailler ses sortilèges que de poser des questions qui laissent des traces dans un dossier académique.

Il n'y a jamais eu aucune fille élève à Ithtir, point. Personne ne peut le nier, l'affaire est réglée ; on a des choses plus sérieuses à gérer que ce genre de considération.

Et puis, un jour…

Acte 1 - Scène 1

Le directeur, Parpaille.

Dans son bureau, le directeur est furieux. Son secrétaire, monsieur Parpaille, tente de le calmer.

Le directeur — Non, non, non, je ne trouve pas du tout que ce soit un caprice !

Parpaille — Je n'ai pas dit "caprice", monsieur le directeur.

Le directeur — Mais vous le pensez !

Parpaille — Ce que je pense, c'est que vous devriez passer l'éponge.

Le directeur — Non, on ne passe pas l'éponge, Parpaille. Nous ne sommes pas n'importe où ici. Nous sommes à Ithtir ! Un Institut prestigieux. LE plus prestigieux ! On ne fait pas n'importe quoi. Et moi, qui suis-je, hein ?

Parpaille — Vous êtes le directeur, monsieur le directeur.

Le directeur — Tout juste !

Parpaille — Pour ce que j'en dis, moi. C'est simplement que vous vous rendez malade pour pas grand-chose.

Le directeur — Pas grand-chose ? (*il grommelle dans sa barbe*) J'aurais tout entendu ! Pas grand-chose. Ah, çà ! Je vais être la risée de la profession. On va me tourner en ridicule. Ils sont des centaines à envier ma place et à me vouer une haine, mais une haine… Des gens haineux, croyez-moi !

Parpaille — Je vous crois, monsieur.

Le directeur — Ils me haïssent, vous dis-je.

Parpaille — Je sais, monsieur.

Le directeur — A la moindre faiblesse, ils me tomberont dessus. Sans pitié. Et ils me traîneront dans la boue jusqu'à ce que je demande grâce.

Parpaille — Oui, d'accord, mais là vous en faites un peu trop. Il ne s'agit que d'un chapeau, tout de même !

Le directeur — Vous appelez ça un chapeau, vous ? Moi, j'appelle ça de la trahison. Cette chose est criminelle, Parpaille.

Parpaille — Allons, allons, je suis sûr que vous exagérez. Laissez-moi le déballer, pour voir.

Le directeur — Nenni ! Je ne veux plus poser les yeux sur cette chose ! Le chapeau doit être l'expression de la puissance d'un magicien, sa carte de visite, son *curriculum vitae*, le visage de son âme !

Parpaille — Oui. Vous en faites trop, monsieur.

Parpaille ouvre une boite à chapeau posée sur le bureau du directeur. Il en sort un objet étrange, aux formes extravagantes, très volumineux, très coloré : un chapeau.

Parpaille — Il faut admettre qu'il est plutôt original.

Le directeur — Un crime, Parpaille !

Parpaille — Mais non, mais non. Une audace. Un tour de force. Un… une…

Le directeur — Trahison.

Parpaille — Une nouveauté ! Voilà. Personne n'en a de semblable, monsieur le directeur. Vous serez le seul, car il n'y a qu'un seul directeur d'Ithtir. Vous êtes au sommet. Vous êtes le magicien le plus respecté des Troyaumes. Il vous faut un chapeau à la mesure de votre… de votre démesure.

Tout en parlant, Parpaille se rapproche du directeur, amadoué par les compliments. Il finit par poser le chapeau sur la tête.

Parpaille — Ah ! Sinquirion[1] ! Il vous va… comme une moufle.

Le directeur — Mais non !

[1] Il s'agit d'un juron modéré.

Parpaille — Mais si, c'est stupéfiant : il vous rajeunit.

Le directeur — Ah oui ?

Parpaille — Assurément. Voici un chapeau qui vous pose son homme. Vous avez vraiment l'air d'être le directeur d'Ithtir.

Le directeur — Vous m'étonnez.

Parpaille — Mais, venez vous-même vous regarder dans le miroir. N'a-t-il pas mis en valeur votre noble silhouette ?

Le directeur — Si. C'est vrai. Cela accentue mon profil, sans doute.

Parpaille — J'allais vous le dire.

Le directeur — Alors ça ne fait pas trop vulgaire ?

Parpaille — Non.

Le directeur — Pas trop m'as-tu-vu, tape-à-l'œil, pas trop coloré ?

Parpaille — Du tout !

Le directeur — Pas trop moche ?

Parpaille — Pas trop coloré.

Le directeur — Moui… Alors soit. Je me suis peut-être emporté un peu vite. Eh bien vous direz à votre beau-frère que je le paierai demain. Mais quand même, vous pourrez lui signaler que… que ce nouveau style est vraiment…

Parpaille — Unique !

Le directeur — Voilà.

Parpaille — Et qu'il doit le rester ?

Le directeur — Assurément.

Parpaille — Assurément, monsieur le directeur.

On cogne à la porte.

Le directeur — Allez ouvrir, Parpaille.

Parpaille — Vous… vous ne rangez pas votre chapeau, monsieur ?

Le directeur — Je le garde un moment. Je commence à m'y faire… Je crois.

Parpaille ouvre la porte. Entrée du professeur Udarget

Parpaille — Professeur Udarget.

Udarget — Monsieur Parpaille.

Parpaille — (*cérémonieux*) Monsieur le directeur, c'est monsieur le professeur Udarget.

Le directeur — (*cérémonieux*) Qu'il entre !

Parpaille sort. Udarget avance vers le bureau.

Acte 1 - Scène 2

Le directeur, Udarget.

Udarget — Monsieur le directeur.

Le directeur — Mon cher professeur Udarget. Comment allez-vous ?

Udarget — Vous avez eu un accident ?

Le directeur — Non. Pourquoi cette question ?

Udarget — Votre... chap... enfin, ce que vous avez sur la tête...

Le directeur — C'est nouveau. C'est unique. Affaire classée. (*il le pose quelque part, à l'écart*)

Udarget — Fort bien.

Le directeur — Que me vaut le plaisir de votre visite ?

Udarget — Pour être franc, j'ai beaucoup hésité à venir vous parler, mais il court des rumeurs dans les salles de classe à propos de l'un des élèves.

Le directeur — Les rumeurs courent. Elles sont faites pour cela. Pas plus tard que la semaine dernière, tous les élèves chuchotaient que le professeur Fusquinte était en réalité un dromadaire transformé en professeur pour leur déblatérer un cours jusqu'à plus soif.

Udarget — Je me souviens.

Le directeur — Cela a beaucoup peiné le professeur Fusquinte, dont je tiens de source sûre que sa pauvre maman est décédée bien avant sa naissance.

Udarget — Je n'étais pas au courant.

Le directeur — Vous me parliez d'une nouvelle rumeur. En quoi celle-ci est-elle dérangeante ?

Udarget — Elle concerne un nouvel élève. En deuxième niveau. On chuchote par-ci par-là que ce ne serait pas un garçon.

Le directeur — Pas encore des histoires de dromadaire, j'espère !

Udarget — Non monsieur, c'est bien plus grave que cela. D'aucuns prétendent qu'il serait une fille.

Le directeur — (*stupeur*) Voilà qui est bizarre. C'est très étrange ce qu'il vient de se produire, professeur Udarget, parce que vos lèvres ont bougé, et on aurait juré que vous avez prononcé le mot "Fille". C'est absolument grotesque, n'est-ce pas ? Ha ha ha.

Udarget — La rumeur dit que cet élève est une fille, monsieur.

Le directeur — Alors là non ! C'est trop pour une seule journée ! Je vais être la risée de toutes les écoles pour mille générations.

Udarget — J'espère que non, monsieur. Quoi qu'il en soit, l'affaire est un peu plus grave qu'une atteinte de plus à votre réputation.

Le directeur — Comment ? De plus ?

Udarget — Je ne voulais pas me mêler de cette affaire, mais j'observe que depuis des semaines, la rumeur va et vient sans que personne ne réagisse. Vous n'étiez donc pas au courant de ce qui se chuchote ?

Le directeur — Je suis le directeur, voyons ! Je suis toujours le dernier à savoir ces choses-là. Il va falloir faire taire cette rumeur.

Udarget — Sans aucun doute.

Le directeur — Punissez tous ceux qui en parlent !

Udarget — J'ai bien peur que ce soit contre-productif.

Le directeur — Mais non. Si nous les punissons suffisamment, ils vont cesser de chuchoter n'importe quoi.

Udarget — Vous êtes sûr ?

Le directeur — Fiez-vous en à moi. Chourbentelle le Drastique le disait lui-même dans son traité de pédagogie : « Sanctionnez, sanctionnez, il en restera toujours quelque chose ». C'est d'ailleurs la seule phrase de Chourbentelle qui soit parvenue jusqu'à nous ; des générations d'étudiants ont réussi à détruire tous les exemplaires de son traité.

Udarget — Le plus sage ne serait-il pas de tirer cette affaire au clair afin de savoir ce qu'il en est ?

Le directeur — Oui. Sans doute. Mais c'est une vieille histoire. Je ne pense pas avoir moi-même jamais tenu un exemplaire du traité de Chourbentelle, vous savez…

Udarget — Je parle de la rumeur, monsieur.

Le directeur — Certainement ! La rumeur. Et de qui est-il question, par le fait ?

Udarget — De Méliandro d'Azur.

Le directeur — Nom d'Achtru ! Mais c'est impossible ! Vous êtes sûr ?

Udarget — Positivement sûr, monsieur le directeur.

Le directeur — Quelle journée ! Mais quelle journée. Allons, réfléchissons. Soyons logiques. Soyons ordonnés. Procédons par ordre et de manière rationnelle. Méliandro d'Azur est le meilleur élève de deuxième niveau que nous ayons depuis des années.

Udarget — C'est exact.

Le directeur — Par conséquent, que pouvons-nous en conclure ?

Udarget — Je vous le demande, monsieur.

Le directeur — Il est notre meilleur élève. Donc ça ne peut pas être une fille ! Ha ha ha. Excellent. Quel soulagement ! On pourra dire que vous m'avez fichu la trouille, mon cher Udarget. Ne recommencez pas des blagues comme ça !

Udarget — Ce n'est pas une blague, monsieur.

Le directeur — Non, non, d'accord. Mais bon, vous voyez bien que la situation n'a rien de dramatique. Cette rumeur-là fera comme les autres, elle s'éteindra d'elle-même au bout de quelques jours. Je lui donne une semaine tout au plus.

Udarget — Mais voici quatre semaines qu'elle se répand. Le doute s'installe jusque chez les professeurs. Et moi-même, je ne peux plus jurer d'une quelconque certitude.

Le directeur — Oh non. Pas vous, Udarget. Quelle trahison !

Udarget — Je ne fais que douter, monsieur le directeur. Le doute est un exercice salutaire. Mais, en l'occurrence, je pense que nous devons prendre la mesure de ce qu'il se passe et tout faire pour retrouver la sérénité.

Le directeur — Oui, faisons cela ! (*silence*) Comment fait-on cela ?

Udarget — Je propose que nous en parlions à une personne qui pourrait avoir sur la question un regard différent du nôtre.

Le directeur — Vous avez d'excellentes idées, professeur Udarget. A qui pensez-vous ?

Udarget — A votre femme.

Le directeur — Non mais vous êtes fou ?!! Mêler ma femme à tout cela ? Pour être la risée de... la risée de… de tout le monde ?! Ma parole, mais vous voulez ma place ? Vous avez inventé toute cette histoire, avouez-le !

Udarget — (*très calmement*) Monsieur le directeur, si vous le prenez sur ce ton, je retourne à la pile de copies qui attendent mes corrections et je vous laisse régler la question.

Le directeur — (*rugisssant*) Mais enfin, cessez donc de prendre la mouche pour si peu ! (*plus bas*) Vous êtes parfois tellement irrationnel, mon pauvre Udarget. Naturellement qu'il faut prendre du recul, qu'il faut essayer d'adopter un point de vue différent…

On cogne à la porte. La porte s'ouvre sur Parpaille.

Parpaille — Monsieur le directeur, pardon de vous déranger. (*cérémonieux*) Madame Frambure souhaiterait vous parler.

Le directeur — Madame Frambure ! Mais voilà ! Oui, en voici une bonne idée, Parpaille. (*cérémonieux*) Qu'elle entre.

Acte 1 - Scène 3

Le directeur, Mme Frambure, Udarget.

Mme Frambure — M'sieur Massuart. M'sieur Udarget.

Le directeur — Madame Frambure, notre chère intendante ! C'est une très bonne idée de venir me voir.

Mme Frambure — Pas sûr que vous direz ça longtemps, m'est avis.

Le directeur — Nous avons justement besoin de vos lumières sur une question épineuse.

Mme Frambure — S'il y a plus de chandelles pour s'éclairer dans vot' bureau, ça c'est à m'sieur Parpaille qu'il faut lui dire qu'il s'en charge.

Le directeur — Non, ce n'est pas exactement ce que…

Mme Frambure — Il faut que je vous parle, m'sieur Massuart, si ça vous dérange pas que je vous coupe dans votre phrase, que vous la finirez plus tard. Meussieur Udarget, il peut rester, ça me dérange pas.

Udarget — C'est bien aimable.

Mme Frambure — Non, non, c'est normal.

Le directeur — Oui, bon, alors de quoi venez-vous encore vous plaindre ?

Mme Frambure — (*toute en dignité*) Attention, monsieur Massuart. Je suis consciencieuse dans mon travail. Je fais le métier d'Intendante depuis des années, maintenant. Et j'ai pas l'habitude de me plaindre. Vous savez bien que je me plains jamais. Vous le savez !

Le directeur — Oui, oui, oui.

Mme Frambure — Moi, j'ai mes filles qui travaillent tous les jours à ce que tout soye impeccab' pour que vous faites vot' travail bien comment qui faut. On est d'accord. Le problème c'est que c'est de plusse en plusse qu'on r'trouve des choses qui traînent là où qu'ça d'vrait pas. Et ça d'vient dangereux. Moi, j'ai une fille, pas plus tard que c'matin, elle époussetait un bureau que je vais pas dire à qui qu'il est, même si ça me démange de l'dénoncer. J'vais vous dire : je sais pas ce qu'y avait dans la poussière, mais moi, la fille, elle a perdu ses deux yeux !

Le directeur — Oh. Ca, alors ! Elle les a retrouvés au moins ?

Mme Frambure — Encore heureux ! Ils étaient tombés dans la corbeille. Mais, alors me dites pas que c'est normal ! Si c'est à moi que ça arriverait, faudrait pas longtemps avant que j'fasse un TRES grand ménage dans les bureaux ; que je te vous mettrais tout ça dehors, hop ! au soleil. Et les profs aussi, tiens : hop, au soleil !

Udarget — (*amusé*) Vous êtes cruelle.

Mme Frambure — Je parle point pour vous, m'sieur Udarget. Vous, on peut pas dire, tout est toujours très bien rangé. C'est pour ça que je mets toujours une pointe de lavande dans votre lessive à vous. C'est ma manière de r'connaissance. Mais faudrait voir que les autres hommes de la maison y z'apprennent à pas laisser trainer leurs chaussettes ou leur dentier ou leur baguette, et j'en passe et des meilleurs.

Le directeur — Je transmettrai le message, madame Frambure. Soyez-en assurée.

Mme Frambure — Ben voilà. Ça c'est une chose. Et puis à côté de ça…

Le directeur — Non. Non, on va s'arrêter là pour aujourd'hui, madame Frambure.

Mme Frambure — Et pourquoi donc, que je vous prie ?

Le directeur — Parce que c'est moi le directeur et j'aimerais autant qu'on limite à cinq minutes par jour les moments où vous vous permettez de faire semblant de ne pas le savoir.

Mme Frambure — À vos ordres. J'men vais me disposer, alors.

Le directeur — Non. Nous avons justement besoin de l'avis d'une personne du beau sexe.

Mme Frambure — M'avez bien r'gardée, m'sieur le directeur ?

Udarget — Avez-vous entendu la rumeur qui circule à propos du petit Méliandro d'Azur.

Mme Frambure — Je suis l'Intendante d'Ithtir ! Je suis la première à savoir ces choses-là.

Udarget — Et y accordez-vous crédit ?

Mme Frambure — (*perplexe*)....

Udarget — Est-ce que vous y croyez ?

Mme Frambure — Ah ! Me suis pas posé la question. Est-ce qu'y faut-y croire la rumeur ? C'que j'en sais, moi ? La rumeur, c'est un truc que c'est qu'on répète. Ça passe le temps, ça nous occupe. C'est pas un truc fait pour qu'on y croye. Vous êtes au courant de ça, non ?

Le directeur — Il y a, semble-t-il, des sciences plus occultes que d'autres.

Udarget — Vous qui côtoyez les élèves dans un cadre moins scolaire, vous qui fréquentez les dortoirs, les chambres, les salles de bain… Si l'un de nos élèves était une fille, vous le sauriez, non ?

Mme Frambure — Vous savez, moi j'ai déjà rien compris à toutes ces histoires de dromadaires, hein…

Udarget — Madame Frambure, concentrez-vous. Vous allez voir, la question n'est pas compliquée en réalité.

Le directeur — Oubliez cela, Udarget. Nous allons procéder autrement. Faisons simple, mon cher. Faisons simple. Parpaille !!

La porte s'ouvre instantanément sur Parpaille

Parpaille — Oui, monsieur.

Le directeur — Un courrier à rédiger.

Parpaille — De ce pas, monsieur. *Il ressort.*

Le directeur — Merci, madame Frambure. Nous n'avons plus besoin de vous.

Mme Frambure — Oubliez pas c'que j'ai dit sur les bidules magiques qui traînent là où qui faut pas.

Le directeur — Je n'oublierai pas.

Mme Frambure — Messieurs.

Elle sort.

Acte 1 - Scène 4

Le directeur, Parpaille, Udarget.

Udarget — Vous pensez régler le problème par courrier ?

Le directeur — Absolument. Nous allons écrire aux parents de ce petit Méladro.

Udarget — Méliandro.

Le directeur — C'est ce que j'ai dit.

Retour de Parpaille avec une planche à écrire à bretelle devant lui.

Parpaille — Me voici pour la dictée. À quelle adresse, monsieur ?

Le directeur — Eh bien, monsieur Douzor, le père de Médouro.

Parpaille — Monsieur D'Azur, peut-être ?

Le directeur — Oui. Comme je viens de dire. Hem. Donc. Alors. *Chère madame, cher monsieur.*

Udarget — Ah non.

Le directeur — Quoi encore ?

Udarget — Le petit Méliandro a perdu sa maman.

Le directeur — Non, mais quelle journée ! Bref. Cher monsieur d'Azur. A la ligne.
Pour une raison indépendante de notre volonté, virgule, nous sommes dans l'obligation de prendre acte que l'élève... Euh.

Udarget — Méliandro d'Azur.

Le directeur — Voilà. Notez cela. L'élève Untel, virgule, dont vous êtes le père, virgule, ne répond pas aux critères définis par les statuts de notre établissement, virgule, lesquels stipulent de manière catégorique, virgule,

explicite et claire que les filles ne sont pas autorisées à s'inscrire. Point. A la ligne.
Nous sommes donc dans une situation où je vous prierai d'intervenir afin que les us et coutumes de notre vénérable institution soient sauvegardés. Point. À la ligne.
Veuillez agréer blabla. Vous me donnez ça pour que je signe, et on n'en parle plus.

Parpaille achève l'écriture et s'approche du directeur qui signe, récupère la lettre et la glisse dans une enveloppe colorée. Le narrateur entre en scène avec la même enveloppe. Il en sort la lettre…

Acte 1 - Scène 5

Le Narrateur.

Narrateur — (*lisant la lettre*) Cher monsieur d'Azur. A la ligne. Pour une raison indépendante de notre volonté, virgule, nous sommes dans l'obligation...

Il arrête sa lecture, regarde la lettre d'un air pensif, ainsi que derrière lui le bureau où le directeur dit au revoir à Udarget. Le noir se fait sur scène et on change les décors pendant le monologue du narrateur.

Narrateur — Le père du "petit Méliandro", monsieur Berffald d'Azur, à qui ces mots s'adressaient était un homme d'affaire, un commerçant. Toujours par monts et par vaux, on pourrait le soupçonner d'avoir placé son enfant dans cette école dans le seul but d'en être débarrassé. Il y a parfois du vrai dans les soupçons des bonnes gens. Pourtant, monsieur d'Azur payait sans rechigner une somme importante pour scolariser le petit Méliandro dans l'Illustre Institut d'Ithtir. Il n'était ni pingre ni égoïste. Il était peut-être simplement un père pour qui la tâche d'élever seul un enfant est trop ardue.

Il avait tout de même su préparer Méliandro, lui inculquer des bases suffisantes pour être admis à Ithtir où il pourrait recevoir ce qu'il estimait être la meilleure éducation possible. Le petit Méliandro en était parfaitement conscient, et il n'exprimait que de la reconnaissance à l'égard de son père qu'il n'avait pas vu depuis des mois, et avec lequel il échangeait quelques rares lettres, à peine plus longues que celle-ci. Cela n'empêchait pas Méliandro de suivre ses cours avec attention et d'être un élève passionné. Et contre toute attente, il s'avéra qu'il se fit des amis parmi ses nombreux camarades.

Noir

Acte 2 - Scène 1

Méliandr(a), Terry, Dharen.

Sur la cour de l'Esplanade, des élèves de 8 à 18 ans vont et viennent. En fond de scène des enfants jouent sur une sorte de marelle…

Méliandr(a) — Vous croyez qu'on risque d'avoir un contrôle surprise ?

Dharen — Avec Maître Dourate ? Bof. Il nous menace à chaque fois.

Terry — Douze fois, il a dit qu'on aurait un contrôle. Douze fois sur quatorze cours. Et au final, on n'a pas eu un seul contrôle.

Méliandr(a) — (*à Terry*) Quelle drôle de manie de tout compter comme ça.

Terry — Je ne compte pas. Je me souviens, c'est tout.

Dharen — Oui, nous savons. Est-ce que tu crois que l'un d'entre nous réussira un jour à oublier que tu as le *don* de tout garder en mémoire ?

Méliandr(a) — Douze fois ou pas, si ça se trouve, c'est un piège ! Vous y avez pensé à ça ?

Terry — Non.

Dharen — Le pauvre maître Dourate qui tend un piège, j'avoue, je n'y avais pas pensé non plus.

Méliandr(a) — Oui mais lui, il est prof, alors il est pas bête !

Silence amusé des garçons.

Méliandr(a) — Bon. J'aurais pas dû dire ça. Il n'empêche qu'il nous a encore prévenus la dernière fois.

Terry — Pourquoi ça t'angoisse tant, l'idée qu'il y ait un contrôle ? Tu vas encore avoir une super note.

Méliandr(a) — Je suis pas angoissé.

Dharen	— Bien sûr qu'il n'est pas angoissé. Monsieur Méliandro d'Azur a le don de courage. S'il se concentre, rien ne lui fait peur. Entre son *Courage* et ta *Mémoire* complète, ça vous fait quand même des sacrés avantages. Arrêtez de vous plaindre !
Terry	— (*moqueur*) Oh ben, toutes nos excuses à monsieur Dharen Sébarossi.
Méliandr(a)	— Oui, désolé, vraiment.
Terry	— C'est honteux ce qu'on fait. De tels avantages : pouah !
Méliandr(a)	— C'est vrai que naître dans le grand manoir de la famille Sébarossi, avec ses enchanteurs, ses praticiens…
Terry	— Ses directeurs d'Ithtir, aussi ! Combien : deux ?
Dharen	— Trois !
Terry	— Je te demande pardon.
Méliandr(a)	— Quel handicap pour réussir ses études !
Dharen	— On voit bien que ce n'est pas toi qui subit le passage en revue familial par mon grand-père à chaque vacances. C'est quand même un peu plus simple de n'être le fils de personne !
Méliandr(a)	— T'as beau être le fils de quelqu'un, des fois, tu dis des conneries, Dharen. Tu le sais non ?
Terry	— Mais oui, il le sait. C'est pour ça qu'on l'aime bien.
Dharen	— De toute façon, on parlait de Dourate. Je vous rappelle qu'on va peut-être avoir un contrôle surprise !
Méliandr(a)	— Oui. On devrait réviser nos tables de volition.
Dharen	— Je vais chercher mon livre.

Il sort. Il revient.

Dharen	— (*penaud*) Euh… Je crois que je ne sais plus où je l'ai rangé.

Terry — Si ça peut t'aider, moi je me souviens.

Dharen — Bien.

Terry — Mais tu ne penses pas que ce serait profiter d'un injuste avantage ?

Dharen — (*hésite, grognon*) Bon, aller, viens m'aider !

Dharen et Terry sortent.

Acte 2 - Scène 2

Mme Frambure, Méliandr(a), Terry, Dharen.

Mme Frambure, un grand balai à la main traverse la cour et s'approche de Méliandr(a).

Mme Frambure — Tiens ! Notre petit monsieur d'Azur.

Méliandr(a) — Bonjour, madame Frambure.

Mme Frambure — Les cours, ça se passe bien ?

Méliandr(a) — Oui. À part les contrôles qui n'arrivent jamais. C'est pas que j'aime ça, les contrôles, vous comprenez, mais quand on les a passés, eh ben on est soulagé.

Mme Frambure — Pour sûr.

Méliandr(a) — Mais quand ils n'arrivent pas. Qu'est-ce qu'on fait ? On angoisse. Ça devrait être interdit de nous faire ça.

Mme Frambure — C'est bien la première fois que j'entends un élève se plaindre qu'y a pas assez de contrôles.

Méliandr(a) — C'est pas du tout que j'en veux plus ! Par exemple, Maître Fusquinte, il nous en donne un à chaque fois : c'est trop.

Mme Frambure — Quelque chose me dit qu'il fait pas ça pour rien. Y en à qui disent que ce serait en représailles de toutes les misères que vous lui faites. C'était pas très gentil de rendre toutes les craies aussi tranchantes que des silex. Ça l'a énervé quand le tableau est tombé en miettes sur ses pieds.

Méliandr(a) — C'était pas nous.

Mme Frambure — Et le petit malin qui a mis du *Lustramort* sur l'estrade pour la rendre bien glissante, que ce pauvre monsieur Fusquinte il était tout esquinté d'être tombé ?

Méliandr(a) — Non plus. Pas nous, ça.

Mme Frambure — Ah non ? Et la fois où vous avez posé une Rose des Vents sous son bureau ; que les courants d'air, ça te vous lui a donné un rhume carabiné ?

Méliandr(a) — Oui, mais ça c'était pour se venger du fait qu'on a des contrôles tout le temps. On avait pas prévu les conséquences, nous.

Mme Frambure — Bah voilà ! Faudrait voir à gagner un peu en jugeote, hein.

Méliandr(a) — Oui, bon... De toute façon, avec maître Fusquinte, au moins c'est simple, on sait qu'on aura un contrôle à chaque fois. C'est pas comme avec Maître Dourate !

Mme Frambure — Oui. Vous êtes bien malheureux, vous les élèves. Oh, misère ! Y a des gens qui veulent vous apprendre des choses ! Si c'est pas scandaleux ! Et pis y a des autres gens qui s'arrangent pour que l'école, elle soit chauffée, bien propre, pour que vous êtes nourris correctement, tout ça juste pour pas que vous ratez un cours. À croire que tout le monde vous en veut, à vous, les élèves, qu'on vous aime pas et qu'on veut vous traiter mal.

Méliandr(a) — Ça va, ça va, j'ai compris. On se plaint trop ?

Mme Frambure — J'ai pas dit ça, Méliandro. Tiens, d'ailleurs, c'est de quelle origine, ce prénom ?

Méliandr(a) — Je ne sais pas. Pourquoi ?

Mme Frambure — Pour rien. C'est juste que je me posais la question, rapport à tout se qui se dit, quoi.

Méliandr(a) — Il se dit quoi ?

Mme Frambure — Ben çà ! C'est bien normal que tu *soyes* la dernière au courant.

Méliandr(a) — Vous voulez dire "le dernier".

Mme Frambure — Mouais. Ça se pourrait. Mais c'est pas qu'est-ce qui se dit.

Méliandr(a) — Et c'est quoi, qu'est-ce qui se dit ?

Mme Frambure — Paraîtrait qu'y aurait une fille dans l'école.

Méliandr(a) — Je suis pas au courant de ça.

Mme Frambure — Paraîtrait qu'ce s'rait toi.

Méliandr(a) — Non. Non, non, je suis désolé. Il se dit quoi d'autre, sinon ?

Mme Frambure — Même que le directeur, ça l'inquiète cette histoire. Une fille à Ithtir, ça fait désordre, à ce qu'y semble.

Méliandr(a) — Des filles, il y en a. Vos femmes de chambre, elles ont bien l'âge des étudiants de niveau 5 ou 6, non ?

Mme Frambure — Oui, ça c'est sûr. On a que'ques filles dans les cuisines aussi, et au secrétariat. Mais, me d'mande pas pourquoi, c'est l'idée d'une fille dans une salle de classe qui a l'air de le chiffonner, m'sieur Massuart.

Méliandr(a) — Moi, ça me choque pas.

Mme Frambure — Encore heureux ! Bon, à moi, tu peux bien le dire. C'est-y qu'c'est vrai ou c'est-y qu'c'est faux ?

Méliandr(a) — De quoi ?

Mme Frambure — Que tu s'rais une fille.

Méliandr(a) — Si j'étais une fille, je ne pourrais pas suivre les cours.

Mme Frambure — C'est point la question, ça.

Méliandr(a) — Si, madame.

Mme Frambure — Donc t'es un garçon ?

Méliandr(a) — Puisque je suis élève à Ithtir, il faut bien que je sois un garçon.

Mme Frambure — Tu réponds toujours pas.

Méliandr(a) — Si, madame.

Mme Frambure — Mouais. Tu me diras rien quoi, en gros ?

Méliandr(a) — Je vous ai tout dit, madame Frambure.

Mme Frambure — M'est avis qu'on va encore entendre parler de toi !

Elle reprend son balayage à travers la cour.

Acte 2 - Scène 3

Méliandr(a), Terry, Dharen.

Terry et Dharen reviennent. Dharen feuillette un livre.

Dharen — Donnez-moi la réciproque du deuxième théorème de Callostin le Symétrique.

Terry — Alors... Soit 'x', le morphème euphonique de la volition 'y'. Si et seulement si la verticité et le morphème sont colinéaires, alors l'intensité de l'avant-geste de la stance d'appel du flux intermédiaire est égale...

Méliandr(a) — Stop, ça va, on arrête ! On n'a jamais de contrôle de toute façon.

Dharen — Oui, mais on ne peut pas être certains que la prochaine fois ne sera pas la bonne. En plus, c'est toi qui l'a dit.

Méliandr(a) — On s'en fiche. Et puis on aura une bonne note !

Terry — Tu as lu ça dans une boule de cristal ?

Dharen — C'est pas au programme, les boules de cristal. Ne nous embrouillons pas !

Méliandr(a) — J'ai pas envie de réviser ! On fait une pause.

Terry — Tu veux aller voir les métamorciens ? Ils sont en plein air, ils travaillent l'apparence du lombric.

Méliandr(a) — Le lombric. Tu veux dire qu'ils sont en train de se changer en vers de terre ?

Terry — Il parait que c'est pas évident du tout comme métamorphose.

Méliandr(a) — Non bah finalement, j'aime mieux réviser.

Dharen — Tu sais pas ce que tu veux, toi !

Méliandr(a) — Si, je sais. Je veux mon diplôme et devenir Praticien. Où même professeur, tiens. Je prendrai la place de maître Dourate.

Dharen — Tu veux être prof d'Aromancie ? Toi ?

Méliandr(a) — Ben pourquoi pas ?

Terry — (*un peu inquiet*) Oui, c'est vrai ça, Dharen. Pourquoi pas ?

Dharen — (*pas convaincant*) Pour rien. Y a aucune raison.

Méliandr(a) — (*soupçon*) Vous, vous avez pas entendu des histoires à propos de moi.

Dharen — Quoi, des histoires ? Des histoires drôles ?

Méliandr(a) — Des trucs qui se disent. Des racontars.

Terry — À propos de la Rose des Vents et de la grosse angine de poitrine de maître Fusquinte ?

Méliandr(a) — Non, sur moi. Rien que moi.

Terry — Comme quoi, par exemple ?

Méliandr(a) — Comme quoi je serais une fille.

Terry — (*pas convaincant du tout*) Ah non. Moi, ça me dit rien, ça. Et toi, Dharen, ça te dit quelque chose des rumeurs comme quoi Méliandro serait une fille ?

Dharen — (*même jeu*) Ah mais non. Pas du tout ! Vraiment.

Terry — Tu vois. Nous, on n'est au courant de rien.

Méliandr(a) — Si je vous dis un secret, vous le gardez pour vous ?

Dharen — Ça dépend du secret !

Terry — Mais oui, on le garde ton secret, puisqu'on est tes amis.

Dharen — Oui. Bien sûr. Mais ça dépend du secret.

Méliandr(a) — Imaginons que je sois une fille.

Dharen — Ha ha ha. Non. Désolé, je n'y arrive pas.

Méliandr(a) — Ben je vais te dire un truc, Dharen : je te demande pas ton avis. Je suis une fille, c'est comme ça et puis c'est tout.

Terry — Si ça se sait, ils vont te renvoyer.

Dharen — T'as pas comme l'impression que ça se sait déjà ? On va avoir des problèmes nous aussi, d'ailleurs.

Méliandr(a) — C'est pour ça que je vous ai demandé de garder le secret. Je ne veux pas être renvoyée. Je veux avoir mon diplôme.

Terry — Nous, on dira rien, mais on n'empêchera pas la rumeur.

Méliandr(a) — Une rumeur, ça vaut rien. On n'a pas le droit de renvoyer quelqu'un à cause d'une rumeur.

Dharen — Tu crois ça ?

Méliandr(a) — Oui !

Le narrateur était présent sur scène depuis le début, ou bien quelque part dans le public. Il intervient à cet instant.

Narrateur — Le petit Méliandro raconta son histoire à ses deux amis. Il leur parla de sa mère disparue, de son père, si désireux d'avoir un fils, si passionné par la magie. Un père qui ne supportait pas l'idée que les portes d'Ithtir se ferment devant son unique enfant, sa fille : Méliandra, car tel était son nom. Méliandra raconta le travestissement voulu par son père, la préparation qu'elle avait suivie et, finalement, devant le Hall Gardien de l'école, le pacte qu'ils avaient prononcé avant de se quitter, avant qu'elle n'entre, par une matinée fraiche mais ensoleillée, dans l'Illustre Institut. Méliandra, ce matin-là, avait juré de garder le secret sur son identité, car seul le secret lui permettrait d'arriver à ses fins.

Dharen — (*au narrateur*) Mais elle a désobéi. Elle avait fait un pacte, elle n'aurait pas dû nous dire tout ça.

Narrateur — Si elle t'en a parlé, c'est parce qu'elle a confiance en toi, mon petit Dharen. Tu es son ami, tu n'en es pas fier ?

Dharen — Fier ? Mais c'est une fille ! On va se moquer de moi !

Terry — Moi, j'en suis fier.

Dharen — Quoi, qu'elle soit une fille ?

Terry — Qu'elle soit mon amie.

Dharen — Mais moi aussi.

Terry — Tu viens de dire le contraire.

Dharen — C'est parce que je suis énervé, c'est tout ! Je suis au moins autant son ami que toi.

Méliandr(a) — (*au narrateur*) C'était pas facile à dire.

Narrateur — (*à Méliandra*) Mais ce n'était pas non plus facile à taire. À présent vous êtes trois pour porter cette charge. C'est plus risqué, peut-être, mais c'est moins lourd.

Acte 2 - Scène 4

Le directeur, Parpaille (+ les enfants).

Le directeur traverse la cour, suivi de Parpaille qui dépouille le courrier.

Le directeur — Et à part ça ?

Parpaille — Un courrier de la fédération des chapeliers.

Le directeur — Qu'est-ce qu'ils veulent, ceux-là ?

Parpaille — (*parcourt le courrier*) Eh bien… Ils n'ont point l'air très convaincus par votre nouveau chapeau. Ils réclament le nom du chapelier qui vous l'a fait. Je crois qu'ils veulent lui faire du mal.

Le directeur — Ils ont des raisons pour ça ?

Parpaille — Rien qu'une divergence dans leur approche esthétique, je pense. On ne peut quand même pas leur livrer mon beau-frère.

Le directeur — J'en ai assez d'entendre parler de votre beau-frère, Parpaille. Courrier suivant !

Parpaille — Oui. Ceci est une lettre de Berffald d'Azur. Le père de Qui-vous-savez.

Le directeur — (*long soupir*) Espérons que ce courrier règle cette histoire une fois pour toute. Que dit-il ?

Parpaille — (*lisant*) Monsieur le directeur.
Votre courrier m'a beaucoup étonné. Je vous ai confié mon fils afin que vous en fassiez un magicien accompli, un homme érudit. Or vous n'annoncez qu'en l'espace de 3 mois vous en auriez fait une fille. Outre que cela ne corresponde pas exactement à mes attentes, j'ai cru lire entre les lignes que vous me tiendriez, moi, pour responsable de cela.

Il va sans dire, monsieur le directeur, que si mon fils avait été une fille, jamais il n'aurait reçu l'agrément pour son inscription. Or, Méliandro est inscrit à Ithtir. Il est donc, par définition, un garçon.
Veuillez agréer, cher Professeur Massuart, l'expression la plus sincère de ma considération respectueuse.
Et c'est signé Berffald d'Azur.

Le directeur — Je ne suis pas certain… Dites-moi si je me trompe, Parpaille. Ce courrier est bizarre, non ?

Parpaille — C'est possible, monsieur.

Le directeur — Quelque chose me chiffonne… Je n'arrive pas à mettre le doigt dessus.

Parpaille — Voulez-vous que je vous tienne la feuille ?

Le directeur — Il nous dit que son fils est un garçon ***parce*** qu'il est inscrit à Ithtir ?

Parpaille — Oui, monsieur. C'est cela qui vous chiffonne ?

Le directeur — C'est quand même un drôle de raisonnement. Si son fils est un garçon, il l'est sans avoir besoin de s'inscrire chez nous. Vous êtes d'accord, non ?

Parpaille — Tout à fait.

Le directeur — Et puis il tourne bizarrement ses phrases. J'ai le sentiment que l'on me prend pour une courge dans cette affaire.

Parpaille — Sûrement pas, monsieur !

Le directeur — Moui. Moui.

Ils sortent.

Acte 2 - Scène 5

Méliandr(a) Terry, Dharen.

Dharen — Bon, alors d'accord, tu es une fille. Mais c'est vraiment sûr au moins ? Tu vas pas le regretter ? Parce que si c'est pour nous dire dans dix minutes : « Non, finalement j'ai plus envie. », c'est pas la peine.

Méliandr(a) — C'est bon, Dharen, je suis une fille, c'est comme ça.

Dharen — Est-ce que tu as pensé aux conséquences ?

Terry — Va falloir qu'on t'appelle Méliandra, alors ?

Méliandr(a) — Non. Vaudrait mieux éviter que les autres le sachent.

Dharen — (*dans ses pensées*) Les écoles mixtes... Evidemment, c'est pas des écoles de magie, mais les écoles mixtes, ça existe. Elles ont des dortoirs pour les filles. Il y a des séparations. Et les filles ne s'habillent pas pareil. Voilà, les conséquences !

Méliandr(a) — Tu veux que je m'habille autrement ? Si on porte des blouses, est-ce que c'est pas justement pour être tous au même niveau, pour pas qu'il y ait de différence ?

Terry — Moi je dis : un point pour la fille.

Dharen — Ca m'amuse pas beaucoup, moi. Mon meilleur copain est une fille !

Terry — Oui, ça fait bizarre. Mais c'est amusant. C'est la première fille qui étudie à Ithtir, quand même !

Dharen — Et dans les écoles mixtes, je vous signale qu'ils ont aussi des femmes qui donnent les cours ! Des fois.

Méliandr(a) — Oh, Dharen, ça va, calme-toi. Dans les écoles mixtes il n'y a pas seulement UNE fille.

Dharen — Exactement ! Il va en venir d'autres ! Or, nous, c'est une école de garçons, ici ! C'est pas prévu pour les filles. Les dortoirs sont peints en bleu, je te signale !

Terry — Moi, le bleu, je peux m'en passer.

Méliandr(a) — Et moi, le bleu, j'aime bien.

Dharen — C'est pas aussi simple. Franchement, j'aimerais bien être comme vous, tranquille, pas angoissé ni rien. Mais je vais dire quoi à mes parents, moi ? « Alors, voilà, Papa, Maman, il y a quelque chose que je dois vous dire. Dans ma classe, j'ai un camarade, c'est un copain à moi. Mais, en fait, c'est une fille. » Ils vont m'en coller une !

Terry — Je pense que ma mère va surtout s'intéresser à mon bulletin de notes.

Dharen — Oui Terry, mais toi, t'as pas de père, c'est facile pour toi !

Méliandra éclate de rire. Terry hésite un moment, puis lui aussi se met à rire. Dharen, très gêné les imite bientôt

Méliandr(a) — *(tout en riant)* N'importe quoi, Dharen, tu dis n'importe quoi !

Dharen — D'accord. Oui, bon d'accord. Pardon, j'ai rien dit. N'empêche, c'est pas normal. C'est pas naturel. Faut être un garçon pour comprendre la magie.

Terry — Ca, c'est une règle fixée par des hommes. Et dans des vieux bouquins en plus.

Dharen — Tu as quelque chose contre les vieux bouquins ?

Méliandr(a) — J'adore les vieux bouquins !

Dharen — Merci. Tu vois, on est d'accord.

Terry — C'est pas parce qu'un bouquin est vieux qu'il est plus intéressant.

Méliandr(a) — Désolée, Terry, mais je suis pas complètement d'accord.

Terry — Ah non ?

Méliandr(a) — Non, parce qu'un bouquin très très vieux… Si on a pris soin de le conserver, ça veut dire qu'il a quand même une certaine valeur. Un livre tout neuf, on sait pas encore s'il vaut la peine qu'on en prenne soin.

Dharen — Ouais. Ca se tient.

Terry — Admettons. Le très vieux bouquin, il est peut-être très beau, je dis pas le contraire. C'est un bel objet de collection. Mais si on n'en a pas fait des copies toutes neuves, ça veut peut-être dire que ce qu'il contient, c'est pas si passionnant que ça.

Dharen — La vache ! Moi je dis : égalité.

Méliandr(a) — Mouais.

Terry — Accordé.

Méliandr(a) — Mais je pense quand même que dire que les filles sont pas faites pour la magie, c'est des conneries, même si c'est écrit dans un *trrrès* vieux livre.

Terry — Ouaip.

Dharen — Sauf que tout le monde ne pense pas comme vous, on dirait.

Méliandr(a) — Ouais. Et, dis donc, qui c'est qui a eu la meilleure note en Practomancie ?

Dharen — C'est toi.

Méliandr(a) — En Magie Organique ?

Dharen — Euh… C'est toi ?

Méliandr(a) — Et en Métamétrie ?

Dharen — Ca, c'est moi !

Terry — On a eu la même note. Tous les trois.

Méliandr(a) — Ouais bon ben c'est moi la meilleure, quoi.

Dharen — C'est pas une excuse pour être une fille !

Arrivée du professeur Udarget.

Acte 2 - Scène 6

Udarget, Méliandr(a) Terry, Dharen.

Udarget approche d'un air un peu embarrassé.

Udarget — Vous êtes là, les garçons. On vous voit partout, toujours ensemble.

Terry — C'est vrai. On se quitte plus.

Udarget — C'est important d'avoir des amis. A ce propos, Méliandro... Euh... Je ne veux surtout pas me mêler de ce qui ne me regarde pas. Euh....

Méliandr(a) — Mais vous allez le faire quand même, c'est ça ?

Udarget — En quelque sorte. Bon, vous avez dix ans, tous les trois. Euh... Dans quelques temps... votre voix va commencer à muer. Oui. Voilà. Une voix plus grave. Quand on devient un adolescent puis un homme, on a une voix plus grave. Il y a aussi d'autres changements. Plein.

Terry — La puberté, on voit pas ça en Magie Organique, plutôt qu'avec vous, monsieur Udarget ?

Udarget — J'aimerais assez que vous fassiez comme si vous compreniez de quoi je veux parler. Ca m'évitera d'être plus précis. Ce serait gentil.

Méliandr(a) — (*menteuse*) Moi, j'ai pas compris. Vous avez compris, vous ?

Terry — (*même jeu*) Non, non.

Dharen — (*même jeu*) ...

Udarget — Toi, tu as compris, Dharen ?

Dharen — ... M'obligez pas à dire que j'ai pas compris. C'est humiliant.

Udarget — Mince, mince. Je pensais que vous aviez l'esprit un peu plus vif. Disons que, quand on grandit, on a la barbe qui pousse. La barbe, oui. C'est un phénomène naturel. Ca commence à onze-douze ans des fois. Parfois à trente. Et vos petits camarades, avant vous, ils ont connus ça. C'est le passage à l'âge adulte, quand les petits garçons deviennent des hommes, et les petites filles, des femmes. Me dites pas que vous n'avez toujours pas compris.

Méliandr(a) — Le problème c'est la rumeur ?

Udarget — (*soupir*) Merci ! Disons que la rumeur s'est installée, et qu'on va devoir vivre avec. Il faudra être prudent. Agir comme des garçons.

Dharen — Eh oh, moi je suis un garçon !

Udarget — Comme Méliandro. Et Tergaen aussi.

Terry — Je préfère qu'on m'appelle Terry.

Udarget — Vous êtes des garçons. Alors il va falloir se comporter comme tel. N'est-ce pas, Méliandro ?

Méliandr(a) — Je vais faire de mon mieux, monsieur.

Udarget — Bien ! Les apparences sont primordiales, vous le savez. Donc, il va falloir, disons… faire du sport. Tu pourrais peut-être entrer dans l'équipe de métaball[2] ?

Méliandr(a) — J'ai pas envie de me changer en lombric !

Dharen — Euh, m'sieur.

Udarget — Oui ?

Dharen — Les joueurs de métaball, ils jouent tout nu.

Udarget — Oui, tu as raison. Ce n'est pas une bonne idée. Pas du tout ! Méliandro, le plus simple serait que tu écrives mal, avec des ratures dans ton cahier. Comme tous les garçons.

Dharen — Je n'ai pas de rature !

---

[2] Sport de métamorphose se jouant avec une balle que l'équipe doit jeter dans le nid adverse. Sport très populaire car sans intérêt.

Terry — Moi non plus ! ... Euh. Enfin. Bon, d'accord, j'ai rien dit.

Méliandr(a) — Je m'attendais pas à devoir faire tant d'efforts.

Udarget — Je sais. Mais c'est important pour tout le monde. Maintenant tu es là, on ne va pas permettre un scandale. Et il faudrait aussi que tu te chamailles, que tu te bagarres un peu avec tes amis. Si tu pouvais leur casser une dent, ce serait formidable !

Méliandr(a) — Ca veut dire que vous y croyez, à cette rumeur.

Udarget — Moi, je crois qu'il faut que tu suives mes conseils, Méliandra. C'est tout ce que je crois.

Dharen — Vous l'avez appelée Méliandra.

Udarget — C'est un lapsus. Ca ne veut strictement rien dire. Je te trouve très virile et très forte... Enfin ! Tu es UN élève comme les autres, bien sûr !

Méliandr(a) — Moi, je veux mon diplôme monsieur. Comme les autres.

Udarget — Oui. C'est exactement ce que je dis. Il va falloir rester concentrée. Constamment. Ne jamais faire d'erreur. Il existe des potions qui donnent une voix grave. Il suffit de trouver le bon dosage. Pour la barbe, je vais me documenter un peu...

Méliandr(a) — Ca m'a l'air compliqué.

Udarget — On va trouver une solution. L'important c'est que l'Institut retrouve le calme. C'est à toi de te faire oublier. Terry, je compte sur toi pour retenir tous les conseils que j'ai donné.

Terry — Oui, monsieur Udarget.

Udarget — Alors tout ira pour le mieux. Tu es un excellent élève, personne n'a aucune bonne raison de te renvoyer. Si tu restes discrète, euh, discret, que tu ne fais plus parler de toi. Jamais. Alors c'est gagné. Je suis sûr que tout se passera bien. (*grand soupir*) Voilà une bonne chose de faite.

Udarget sort.

Acte 2 - Scène 7

Méliandr(a) Terry, Dharen.

Le prof parti, les enfants restent dans un silence un peu gêné.

Dharen — C'est plutôt louche ce qu'il vient de se passer.

Terry — Il sait que tu es une fille.

Dharen — Je dirais même que tout le monde sait que tu es une fille. Ce n'est plus une rumeur : les gens en sont sûres.

Terry — C'est mal, ça. Ils n'ont aucune preuve.

Dharen — Oui, mais on va pas leur en vouloir, vu qu'il se trouve qu'ils ont raison.

Méliandr(a) — Ca va devenir compliqué. Mon père m'avait prévenue.

Terry — Et il avait prévu quoi comme stratégie ?

Méliandr(a) — Il m'a conseillé de me faire des amis.

Dharen — Un peu léger comme stratégie.

Méliandr(a) — Il comptait sur vous.

Dharen — On n'y est pour rien, nous, si tu es une fille !

Méliandr(a) — Moi non plus.

Terry — Sérieusement, les gars, c'est quoi leur problème aux adultes avec les filles dans les écoles de magie ?

Méliandr(a) — Un tabou sexuel, il paraît.

Terry — Oh ! A leur âge ! C'est nul.

Méliandr(a) — Les directeurs, les profs, tout ça, c'est des gens qui connaissent très peu les petites filles. Ils ont tous grandi dans une école où il n'y avait que des garçons ! Peut-être qu'ils ont peur des filles.

Dharen — Je peux pas vous laisser dire ça ! Le directeur Massuart n'a peur de rien ! C'est le plus grand magicien des Troyaumes !

Terry — Ca le reprend. Ecoute Dharen, personne ne critique le directeur.

Dharen — Mouais…

Terry — On est juste en train de faire des observations. Et c'est vrai que la plupart des profs ne sont pas mariés.

Dharen — Le directeur, il est marié, lui.

Terry — Oui, c'est vrai. Tu as raison. Ceux qui sont mariés… Ils sont mariés à des *madame Massuart.* Y a de quoi avoir peur ! Mais moi, je plaide pour la frustration.

Méliandr(a) — Oui. C'est bien possible. Mais nous, on n'y est pour rien !

Noir

Acte 3 - Scène 1

Directeur, Mme Massuart, Parpaille.

Dans son bureau, le directeur se mire en changeant de chapeau et en agitant sa baguette d'un air menaçant.

Le directeur — Aha ! Je vous y prends, sacripant ! Elle est bien celle-là, je la note. Je vous y prends, sacripant ! (*retour au miroir*) On fait moins le malin, petit vaurien ! Ca c'est bon aussi. Je suis en forme aujourd'hui. Aha ! Méfiez-vous, voyou ! Vous, le malotru, vous l'avez dans le c… Non. Non, là quand même, c'est indigne de la fonction.

On toque à la porte. Le directeur sursaute, ôte son chapeau, se précipite sur son bureau alors qu'entre Parpaille.

Parpaille — Monsieur le directeur, je ne vous dérange pas ?

Le directeur — Je travaillais sur le règlement intérieur. Qu'est-ce que c'est ?

Parpaille — C'est madame votre…

Mme Massuart — (*faisant irruption*) C'est moi, Grougrou !

Parpaille — … votre femme, monsieur.

Mme Massuart — (*en mode : moulin à parole qui ne semble pas prés de s'essouffler*) Je déteste ces escaliers. Je suis à bout de souffle. Comment s'est passée ta matinée ? Moi je n'ai pas arrêté de courir. La nappe que j'avais commandée est deux fois trop petite. Tu devrais t'acheter un autre chapeau, ça ne fait pas sérieux. Tu représentes l'autorité, Grougrou. Le magicien le plus influent des Troyaumes, c'est quand même toi. (*elle passe un doigt sur les meubles*) Le ménage laisse à désirer. Elles ne font jamais les carreaux, on dirait. J'ai bien fait de dire à madame Frambure de venir laver ce bureau. Elle va m'entendre ! Je suis contente de mes nouvelles chaussures, mais elles me font un peu mal. C'est idiot, il va falloir que je m'en achète une nouvelle paire. On a reçu une autre invitation du maire de Haudumont. Il tient absolument à nous avoir à sa table. Je parie que sa rombière va encore monopoliser l'attention et patati et patata, ce qu'elle est agaçante ! Elle ne sait jamais quand s'arrêter. C'est pourtant facile de se rendre compte quand personne n'écoute, quand ce qu'on dit n'a aucun intérêt, quand on embarrasse les gens autour de soi. C'est pourtant facile. Eh bien non, pas pour tout le monde. Un jour il faudra que je lui dise. Et elle mériterait aussi que je lui rabatte son caquet à propos de la qualité si extraordinaire, à l'en croire, de son service en porcelaine. Parce qu'à moi, on ne me la fait pas, et je suis certaine d'avoir vu des pièces dépareillées. Je ne l'apprécie pas du tout, cette bonne femme. Je le lui dirai un jour. Enfin bref, pas la peine de s'étendre sur elle, elle ne mérite vraiment pas que j'en parle. Je lui ai répondu que nous serions présents avec plaisir, bien sûr. Et toc, prends ça dans les dents ! Il faudrait que tu aies un nouveau chapeau quand nous irons les voir. Tu ne peux pas y aller affublé d'une poubelle sur la tête. Ca ne fait pas sérieux, Grougrou. Le magicien le plus influent des Troyaumes, c'est quand même toi. Sinon, je me suis renseignée… (*elle continue à parler en fond alors que le directeur s'adresse à Parpaille*).

Le directeur — C'est sans espoir. Je pensais qu'elle allait faire une pause, mettre un point, demander une réponse… Tant pis. Laissez-nous, Parpaille.

Parpaille — Avec plaisir, monsieur.

Il sort.

Mme Massuart — (*continuant…*) Je me suis renseignée pour une location à Porthune, au bord du lac pour les grandes vacances. Je pense que je vais adorer. L'endroit était épouvantable l'an dernier, mais cette année, je suis certaine que ce sera beaucoup mieux. Ils auront très certainement tenu compte de mon courrier. J'ai été très précise dans mes griefs, et franchement, ils ne peuvent pas faire autrement que de suivre chacune de mes… *(Dans son dos, le directeur agite sa baguette vers elle, et elle termine en bredouillant, cherchant ses mots.)* Et puis… Euh… Eh bien je ne sais plus ce que je voulais dire.

Grand sourire du directeur.

Le directeur — Bonjour, ma femme. Ce n'est pas souvent que tu montes jusqu'ici pour me rendre visite. Pourquoi es-tu venue ?

Mme Massuart — Pour te voir. Pour discuter.

Le directeur — Eh bien tu me vois. Discutons !

Mme Massuart — Tu sais bien que depuis des années que tu diriges cet établissement, je ne me suis en rien mêlée de tes affaires.

Le directeur — Pourvu que ça dure !

Mme Massuart — Et je reste à la maison. Dans notre logement de fonction. Je fais du point de croix. Je jardine un petit peu le matin. Je lis des magazines. J'écris à ma cousine Rondoulia. Je lis des feuilletons. Je me fais chier, mon chéri !

Le directeur — Comment… que… non… mais enfin, tu passes ton temps dans les boutiques, à commander des nappes, des rideaux, des couvre-lits !

Mme Massuart — Tu sais, j'ai des oreilles. Et des yeux. Et je suis au courant de cette rumeur qui est bien plus qu'une rumeur à présent.

Le directeur — Je ne vois pas de quoi tu veux parler.

Mme Massuart — Il y a une fille parmi tes élèves.

Le directeur — Mais non.

Mme Massuart — Je la veux, Grougrou !

Le directeur — Comment, tu la veux ?

Mme Massuart — Tu as plus de quatre mille garçons. Ils sont pour toi, occupe-t-en, je te les laisse. Mais cette fille, elle est à moi.

Le directeur — Mais enfin… Mais qu'est-ce que tu racontes ?

Mme Massuart — Je suis la femme du directeur d'un établissement pour garçons. Ca ne te parait pas parfaitement logique à toi, que ce soit à moi de m'occuper des filles qui étudient ici ?

Le directeur — Des filles ? Mais d'abord il n'y a pas *des* filles, il n'y en a qu'une. Et c'est un garçon !

Mme Massuart — Oui, une seule ! Rien qu'une seule fille. Tu peux quand même bien me la laisser.

Le directeur — Mais te la laisser pour faire quoi ?

Mme Massuart — Je vais m'occuper d'elle.

Le directeur — Elle est là pour suivre les cours de magie, pas pour apprendre le point de croix.

Mme Massuart — Ne me parle pas avec ce mépris, Grougrou. Tu vas me dire que tu es très heureux que cette fille fréquente tes salles de classe, peut-être ? Tu ne sais pas quoi en faire de cette petite. Et moi, je m'ennuie ici. Par-là des gorges, ici des crevasses, là des gouffres, des failles, des falaises… Moi ça me pèse !

Le directeur — Alors fais un régime !

Mme Massuart — Tu te crois drôle ? Depuis trente ans je suis derrière toi et je ne me plains jamais. Pour une fois que je te demande quelque chose.

Le directeur — Je ne pourrais pas te confier cette élève même si je le voulais. Tu es ma femme, bien sûr, mais tu ne fais pas partie du personnel de l'Institut. C'est impensable !

Mme Massuart — Mais qui va lui apprendre à être une femme, à cette pauvre petite ?

Le directeur — Ca, c'est la dernière chose dont je veuille entendre parler. Elle apprendra bien assez vite.

Mme Massuart — Je vais faire un scandale, je te préviens.

Le directeur — Tu n'en feras rien. Et si tu insistes, moi la petite… Euh, le petit je veux dire. Je le renvoie : Hop ! Circulez, y a rien à voir.

Mme Massuart — Je te l'interdis !

On toque à la porte.

Parpaille — Toutes mes excuses, monsieur le directeur. Je vous dérange.

Le directeur — Nous parlions décoration.

Mme Massuart — Je lui disais qu'il devrait changer de chapelier.

Parpaille — Oh… Je ne suis pas de cet avis.

Le directeur — Ne me parlez pas de votre beau-frère ! Bon, qu'est-ce que vous voulez ?

Parpaille — (*cérémonieux*) C'est madame Frambure, monsieur le directeur. Elle demande à vous parler.

Le directeur — (*cérémonieux*) Qu'elle entre.

Acte 3 - Scène 2

<u>Le directeur, Mme Massuart, Mme Frambure.</u>

L'Intendante, son matériel à la main, entre dans le bureau, inspecte rapidement autour d'elle.

Mme Frambure — Bon, c'est quoi l'problème ?

Le directeur — Je vous demande pardon, madame Frambure ?

Mme Frambure — Vot' dame a rouspété comme quoi ce s'rait tout sale dans vot' bureau. Alors je regarde, mais je vois que d'la crasse ordinaire, moi, celle qu'on lave un p'tit peu et pis qu'on r'met en place pour pas qu'vous soyez trop dépaysé.

Mme Massuart — Je ne vais quand même pas vous apprendre votre travail.

Mme Frambure — M'ferait bien rigoler, tiens.

Le directeur — Madame Frambure, s'il vous plait.

Mme Massuart — Les poignées de porte sont dégoûtantes, les carreaux sont tout simplement indescriptibles. Les pieds du bureau sont sales. Ils sont sales, madame, regardez-les de plus près ! Cette chaise est sale. Ce chapeau est…

Le directeur — (*le récupérant*) Non !

Mme Massuart — Tout est sale, je suis mécontente.

Mme Frambure — Vous êtes mécontent, m'sieur Massuart ?

Le directeur — Très. Mais la poussière est le cadet de mes soucis. Tu as dit tout ce que tu avais à dire, ma femme ?

Mme Massuart — J'attends que tu reconnaisses que tu es d'accord avec moi. J'attends que tu me confies cette fille.

Le directeur — Pas de fille à Ithir ! Affaire classée.

Mme Massuart — C'est ainsi que tu entends mettre un terme au dialogue ? Très bien, alors je vais prendre madame

Frambure à témoin, tu ne me laisses pas d'autre choix. Madame Frambure, vous êtes une femme, n'est-ce pas ?

Mme Frambure — Je comprends pas bien la question.

Mme Massuart — Ca commence bien. Madame Frambure, vous n'êtes pas sans savoir ce que tout le monde chuchote dans les couloirs, vous qui cancanez à longueur de temps.

Mme Frambure — Oui, oui. Je suis au courant. De quoi que vous parlez au juste ?

Mme Massuart — D'un élève qui est une fille.

Mme Frambure — Ah oui. Le p'tit Méliandro.

Mme Massuart — Je m'adresse à la femme que vous êtes, et je suis convaincue que vous serez d'accord pour dire qu'il faut assurer à cette enfant une solide éducation.

Mme Frambure — Oui. C'est ben pour ça qu'elle est à Ithtir.

Mme Massuart — Je ne vous le fais pas dire. Mon mari, en sa qualité de directeur de cet illustre Institut, a la responsabilité de l'avenir de cette petite.

Mme Frambure — Le p'tit Méliandro.

Mme Massuart — C'est une fille !

Mme Frambure — Je sais. Mais elle, il dit que non.

Mme Massuart — Une seule fille au milieu de milliers de garçons… C'est évidemment un problème.

Mme Frambure — Ah ?

Mme Massuart — Et puisqu'il s'agit d'une école de garçons, alors moi je propose qu'elle soit traitée à part. Et je m'en chargerai. C'est quand même beaucoup mieux pour tout le monde.

Mme Frambure — Je vois pas bien en quoi, mais enfin si vous le dites, je vais pas vous contredire, hein.

Le directeur — Si, si, vous avez le droit, madame Frambure.

Mme Frambure — Vrai ? Ben alors je trouve que c'est des conneries, m'dame.

Mme Massuart — Vous avez dû mal comprendre, ma pauvre. Je reprends…

Mme Frambure — Non, j'ai bien tout écouté. Vous voulez qu'on fasse toujours une différence entre les garçons et les filles.

Mme Massuart — Mais oui ! Evidemment.

Mme Frambure — J'suis pas d'accord.

Mme Massuart — Mais enfin, vous n'avez pas le droit.

Mme Frambure — J'ai pas le droit ?

Le directeur — Bien sûr que vous avez le droit, madame Frambure. Allez-y ! (*pendant le dialogue son regard se perd un peu dans le vague. Le directeur a faim et pense à son déjeuner…*)

Mme Frambure — Moi par exemple, on m'a mise dans une école où j'ai appris un tas de choses qu'on n'a jamais appris aux hommes qui vivent ici. Plier ses vêtements, faire son lit, passer la serpillère. Pourquoi qu'on leur a jamais appris ça ? Ca pourrait leur servir.

Mme Massuart — Vous n'avez rien compris du tout !

Mme Frambure — Et moi, j'aurais bien aimé qu'on m'apprenne les choses de la magie.

Mme Massuart — Vous ? Peuh ! J'aurais tout entendu.

Mme Frambure — J'avais un don, moi aussi dans le temps. Je l'utilise guère plus, ça énerve les gens.

Mme Massuart — Ca ne m'intéresse pas.

Mme Frambure — C'est vrai que ça embête un peu les gens de savoir que quelqu'un peu faire "porte voix" à leurs pensées.

Mme Massuart — Hein ?

Mme Frambure — C'est ça mon don : je fais entendre les pensées des gens.

Mme Massuart — Décidément, vous devez manipuler des produits toxiques. Vous avez fait un bilan de santé, dernièrement ?

Mme Frambure se concentre, tend le bras vers le directeur qui ne les écoute pas vraiment…

Voix du directeur… Oui, oui… Des oignons et des petites pommes de terre sautées… Et des poivrons ou bien de l'aubergine. Humm. Ou les deux ! Je pourrais ajouter des tomates. Oh oui, avec de la mozarell… Hein ? Mais c'est… C'est moi qu'on entend ? Qu'est-ce… Madame Frambure !

Le directeur — Madame Frambure arrêtez ça tout de suite !

Mme Frambure — Oui m'sieur. Mes *esscuses.*

Le directeur — Voilà ! Voilà exactement le problème avec les femmes qui n'ont jamais appris à maîtriser leurs dons !

Mme Massuart — Je suis d'accord. Il faudrait des écoles de magies pour filles.

Le directeur — Oui ! … Non !

Mme Frambure — Pourquoi vous voulez toujours séparer les gars d'avé les filles, *Salquebioude* !

Mme Massuart — Parce que c'est plus convenable !

Mme Frambure — Moi, j'vois pas pourquoi.

Mme Massuart — Je ne veux pas laisser une fille ici prendre des mauvaises habitudes au contact de ces garçons. Il lui faut apprendre à s'habiller mieux qu'avec une blouse, à se coiffer correctement, se parfumer.

Mme Frambure — (*en singeant Mme Massuart*) Et faire des manières.

Mme Massuart — Les manières sont un signe de distinction.

Mme Frambure — Peuh ! Les manières des filles, c'est pas mieux que les poses des hommes qui veulent faire comme si qu'ils avaient des bras plus gros que leur tête.

Mme Massuart — Pas du tout, la féminité et la grâce sont les seuls atouts de la femme dans ce monde d'hommes.

Mme Frambure — Et à votre âge, y vous reste quoi ? (*tête de Mme Massuart*) Elle a pas b'soin de se poudrer la figure ou de se mettre des rubans dans les cheveux. Elle peut bien ressembler à un garçon, je vois pas le problème. C'est juste des enfants, m'dame Massuart.

Mme Massuart — Vous ne respectez peut-être pas les codes de notre société, mais moi je les respecte ! Et Grougrou aussi. N'est-ce pas que tu es d'accord avec moi ?

Le directeur — Je n'ai pas bien écouté, mais statistiquement je dirais *non.*

Mme Frambure — Voyez ! M'sieur le directeur, il est comme moi. Il pense que ces différences là, ça a assez duré. Et on va ouvrir grand l'école à toutes les filles qui veulent venir.

Directeur — Quoi ? Mais nenni. Je dément s! Vous lisez moins bien dans les pensées que vous ne vous l'imaginez.

Mme Frambure — Je lis pas dedans, je les rends audib' c'est tout…

Le directeur — Et il n'est pas question d'ouvrir notre Institut aux filles. Aucune fille. Pas une seule. Vous m'entendez : pas une seule ! (*il s'emporte*) Vous devriez quand même réussir à compter jusqu'à zéro, non ?!

Mme Frambure — Ouhla, faut pas s'énerver tant que ça.

Le directeur — Mais si, je m'énerve ! C'est une prérogative du directeur, ça, madame Frambure ! Je pique une grosse colère quand je veux, même sans raison, même de manière totalement injustifiée. Et j'ai le droit de m'acharner sur n'importe qui et de lui postillonner dans la figure ! Je peux aussi casser du mobilier si vraiment je suis très en colère. C'est dans mon contrat !!! Et votre idée d'accueillir ici des filles me met très en colère. Parfaitement ! Parce que ce serait remettre en cause la **sérénité de notre établissement** !!!

Mme Frambure — Sauf que là, vous vous énervez tout seul, m'sieur Massuart. Vous voulez pas de nouvelle élève, c'est bon, j'ai compris.

Le directeur — Voilà : pas de nouvelle, bonne nouvelle ! Les filles, ça chouine, ça se plaint tout le temps. Elles vont vouloir décorer leurs chambres, faire des batailles de polochon, écrire des poèmes romantiques, jouer à la poupée… Je ne veux pas de ça ici !

Mme Frambure — Ah non ? On voit que vous mettez jamais les pieds dans les dortoirs des garçons, vous !

Mme Massuart — Vous dites des sornettes. Rien de tel ne se passe. Parce que ce n'est point convenable. Ici c'est une école, et c'est tout. Et une jeune élève devrait porter une jupette, des cheveux long bouclés, et jouer à la dinette.

Mme Frambure — Pourquoi ?

Mme Massuart — Parce que c'est comme ça ! Parce que c'est convenable. Mais qu'est-ce qui ne va pas chez vous ? Pourquoi vous ne comprenez pas les évidences ?

Mme Frambure — Vous avez peut-être joué à la dinette, vous quand vous étiez mignonne. En attendant, on vous voit plus trop faire la vaisselle ni le ménage !

Mme Massuart — Mais ça, c'est votre travail, madame.

Mme Frambure — Pour sûr. Mais vous parlez d'une vocation ! Faire le ménage derrière des messieurs mal élevés ou faire la potiche en permanente.

Mme Massuart — Ne me traitez pas de potiche !

Le directeur — Madame Frambure, toutes les vérités ne sont pas bonnes à dire. Attention. Mais vous n'êtes pas d'accord avec les idées de ma femme, c'est le principal. Et je vous en remercie. Vous pouvez retourner à vos tâches.

Mme Frambure — Mes *esscuses*, m'sieur le directeur, mais je suis pas plusse d'accord avec les vôtres d'idées. Si c'est une fille, c'est pas un garçon.

Le directeur — Mais si c'est un garçon, ce n'est pas une fille.

Mme Frambure — On pourrait jouer à ça toute la journée, c'est pas bien intéressant. Je vois pas le problème qu'il y a une fille ici. Une seule, en plus. Ca va pas les tuer, vos garçons, d'en voir une de près. Vous allez voir que ça va même leur faire apprendre des tas de choses. La propreté par exemple. Et j'en s'rais pas *mécontente*, moi, figurez-vous.

Le directeur — Ce que vous dites est intéressant, mais il n'y a pas de fille à Ithtir. Tout le monde le sait.

Mme Massuart — Non. Ce que vous dites n'est pas intéressant. Et cette petite fille n'est pas là pour apprendre quoi que ce soit à ces gamins. Les garçons restent entre eux, afin d'apprendre à devenir des hommes.

Mme Frambure — Des hommes j'en ai connus, moi, madame, si vous voyez c'que j'veux dire. Même que dans le lot, y a que'ques professeurs qu'ont quasiment jamais vécu ailleurs qu'ici. Leur f'rait pas de mal de côtoyer des filles avant la puberté, croyez-m'en. Sans ça, dès qu'il leur pousse des poils, y deviennent idiots. Si, si, je sais de quoi que j'cause. Faites *esscuse.*

Mme Massuart — Ca dépasse tout. Vous devenez vulgaire, madame.

Mme Frambure — C'est pas ma faute si vous comprenez pas quand on essaie d'êt'e subtil.

Le directeur — Nous avons compris l'idée, madame Frambure.

On toque à la porte. C'est encore Parpaille, évidemment.

Acte 3 - Scène 3

Le directeur, Mme Massuart, Mme Frambure, Parpaille.

Parpaille — Pardon de vous déranger de nouveau…

Le directeur — Parpaille, vous tombez bien. C'est très bien. Vous mettez un terme à cette conversation qui n'a que trop duré.

Mme Massuart — Trop duré ? J'attends une réponse, moi.

Mme Frambure — Et si vous voulez un débat public, moi je suis vot' femme.

Parpaille — Je n'ai pas pu m'empêcher d'entendre vos échanges…

Mme Massuart — Vous épiez le directeur ?

Parpaille — Non, mais vous parlez fort, madame. Et sachez que je suis d'accord avec ce que vous avez dit. Tout à fait d'accord. (*Il la raccompagne vers la porte*).

Mme Massuart — Vraiment ?

Parpaille — Absolument. Vous n'avez fait que rappeler des évidences. C'est évident, et il va sans dire que vos arguments ont beaucoup, beaucoup d'autorité.

Mme Massuart — Oh merci, monsieur Parpaille.

Hop, elle est dehors, il ferme la porte et se dirige vers Mme Frambure.

Parpaille — Chère madame Frambure, permettez-moi de vous dire que, durant cette conversation, vous n'avez pas eu tort. Pas une seule fois.

Et gentiment, il l'emmène vers la porte.

Mme Frambure — Ben j'ai fait que dire qu'est-ce que je pensais, moi.

Parpaille — Le bon sens en action, madame Frambure. Comme toujours. Vous avez été d'une grande clarté et, pour tout dire, très convaincante.

Mme Frambure — Merci, m'sieur Parpaille.

La voici dehors également, il referme la porte et va vers le directeur.

Parpaille — Monsieur le directeur. Bravo.

Le directeur — Et bravo à vous. Vous m'en avez débarrassé rondement.

Parpaille — Et quand à vous, vous avez pris la bonne décision. Et de bout en bout, vous avez eu raison, monsieur. Sur toute la ligne (*même jeu, il l'entraîne vers la porte*).

Le directeur — J'agis selon ma conscience et selon le règlement de notre établissement.

Parpaille — C'est tout simplement du grand art, monsieur. Vous êtes un exemple.

Le directeur — Merci, Parpaille.

Et comme il est dehors, Parpaille referme la porte, pousse un grand soupir et va se vautrer dans le fauteuil du directeur.

Acte 3 - Scène 4

Le directeur & Parpaille.

On toque à la porte, le directeur ouvre, marmoréen.

Le directeur — Dites... Je rêve, ou bien vous venez de me foutre à la porte de mon propre bureau ?

Parpaille — Oh, Sinquirion ! Je ne m'en étais pas rendu compte. Un excès de zèle, monsieur. Pardonnez-moi, c'est le stress. Toutes mes confuses...

Le directeur — Oui, ça va ! Et pourrais-je savoir qui sont tous ces gens agglutinés dans la salle d'attente ?

Parpaille — C'est d'eux dont je venais vous parler, monsieur. (*pose dramatique*) Des parents d'élèves.

Le directeur — Comment ça, des parents d'élèves ? Ils sont au moins une vingtaine. Ils viennent se plaindre de la cantine ?

Parpaille — Non, monsieur. J'ai bien peur que ce soit toujours la même affaire qui préoccupe tout le monde.

Le directeur — Ne me dites pas qu'ils viennent encore me parler de ce chapeau.

Parpaille — Ah. Non. Non, monsieur, pas cette affaire là.

Le directeur — Hem. Est-ce qu'ils veulent inscrire leurs filles ?

Parpaille — Certes pas, monsieur. Ils réclament que vous renvoyiez le jeune Méliandro d'Azur.

Le directeur — Ils réclament, dites-vous ?

Parpaille — Et certains osent même demander votre démission.

Le directeur — Tout ça pour une fille. Les gens ne sont pas sérieux, mon petit Parpaille.

Parpaille — Ils brandissent des pancartes qui ont l'air tout à fait sérieuses, monsieur.

Le directeur — Des pancartes ? Ils sont donc organisés.

Parpaille — Ils promettent de venir manifester par centaines devant l'Institut si vous ne leur donnez pas satisfaction.

Le directeur — Pourquoi tout le monde s'acharne-t-il sur moi aujourd'hui, Parpaille ? Répondez ! Non, ne dites rien ! C'est tout à fait normal. C'est le lot des grands hommes de se trouver confrontés à des situations graves qui semblent insolubles.

Parpaille — C'est très beau ce que vous dites, monsieur.

Le directeur — (*grandiloquent*) Je vais devoir assumer mes responsabilités. Faire face à l'adversité et ne pas ciller devant cette horde de parents d'élèves sanguinaires.

Parpaille — Oui, monsieur. Bravo.

Le directeur — Et je vais aussi convoquer cette gamine. Enfin ce gamin, ce Méliandra.

Parpaille — Dro.

Le directeur — Dro ?

Parpaille — Méliandro.

Le directeur — Je vais le convoquer ! Et mettre les choses bien au clair.

Parpaille — Je vous conseille de n'en rien faire, monsieur. Cela attirerait l'attention. Cela conforterait les curieux dans leurs soupçons. Cela alimenterait les bruits de couloir.

Le directeur — Vous croyez que la rumeur peut empirer, vous ?

Parpaille — Le pire n'est jamais sûr, monsieur.

Le directeur — Mouais. Mais quand même, j'aimerais donner des consignes à ce petit pour que tout ça se calme.

Parpaille — Maître Udarget et moi en avons parlé il y a peu. Il avait très exactement ce projet… Enfin, je le lui ai suggéré. Et je pense qu'il est donc allé parler à l'élève en question.

Le directeur — La plus grande discrétion !

Parpaille — C'est sûrement ce qu'il lui a dit, monsieur.

Le directeur — Alors c'est très bien. (*à nouveau grandiloquent*) Il ne me reste plus qu'à affronter mon destin et la terrible bestialité des parents d'élèves... Souvenez-vous de ce jour, Parpaille. Souvenez-vous-en !

Parpaille — Oui, monsieur. Promis.

Le directeur sort. Parpaille reste interdit quelques instants. La porte s'ouvre sur le directeur, extrêmement calme. Il vient se mettre nez à nez avec Parpaille.

Le directeur — Il va falloir que vous arrêtiez ce petit jeu là avec moi.

Parpaille — ... Monsieur ?

Le directeur — Je vais évidemment les recevoir ici, dans *mon* bureau. Allez me les chercher !

Parpaille — Oui, monsieur.

Parpaille sort.

Acte 3 - Scène 5

Le directeur, Parpaille, le Narrateur (& les parents d'élèves).

Entrée du narrateur... Il est suivi par des figurants jouant des parents d'élèves en colère, ou bien il se contente de matérialiser leur présence

Narrateur — Une quinzaine de parents s'engouffrèrent dans le bureau du directeur Massuart. Ils élevèrent la voix, le poing, leurs pancartes, exigeant qu'on les écoute. Et comme le directeur les écoutait, ils exigèrent qu'on les écoutât mieux, qu'on les écoutât comme ils voulaient être écoutés. Et ils expliquèrent par le menu ce qu'ils entendaient par là, ce qui n'était pas très clair, il faut bien l'avouer.

Le directeur — Mesdames et messieurs, je vous demanderai un peu de calme et de discipline, deux notions qui, j'en suis convaincu, vous sont très chères.

Narrateur — La horde de parents chuchota qu'elle était d'accord. Puis décida aussitôt du contraire. Un spasme de colère incoercible convergea vers le bureau du directeur auquel on réclama des comptes. Les parents, disaient-ils, craignaient pour leurs enfants, pour leur sécurité, pour l'investissement qu'ils représentaient. Ils craignaient pour la réputation de l'Institut qui rejaillit un peu sur chacun de ses anciens élèves. Ils craignaient, disaient-ils en grondant. Ils craignaient !

Le directeur — Mais enfin... Voyons ! Naguère encore les parents d'élèves soucieux de la respectabilité de l'Institut portaient ces griefs à mon attention lors d'une réunion parents-professeurs, ou bien par courrier. Personne ne se permettait d'assiéger le directeur en vociférant et en agitant des pancartes. Vous ne croyez pas ?

Narrateur — « A cette époque là, il n'y avait point de fille ici, alors ça n'a rien à voir ! » s'exclama une maman toute rouge de colère.

Le directeur — Permettez-moi de vous dire, chère madame, que c'est un peu vous qui mettez en danger la réputation de l'Institut en envahissant mon bureau pour faire pression sur moi. Si vous faisiez preuve d'un peu plus de respect, la qualité de l'enseignement de vos enfants serait plus en sécurité.

Narrateur — « Pirouette que cela ! » lança un papa de grande taille qui portait une riche barbe comme celles qu'arborent les professeurs d'Ithtir. Et à la vérité, c'était bel et bien un professeur.

Le directeur — Etes-vous en train de me contredire, professeur Paviotte ? Pensez-vous que ce débarquement dans mon bureau serve les intérêts de l'école et des élèves ?

Narrateur — « Je n'ai pas dit cela, monsieur le directeur. » répondit le professeur Paviotte en baissant les yeux.

Le directeur — Pensez-vous que l'on dirige un établissement comme le nôtre avec pour préoccupation principale les desiderata des unes ou des autres familles ?

Narrateur — Oui !

Le directeur — … Je vous l'accorde.

Parpaille — C'est que la question était mal posée, monsieur, le directeur, si vous me permettez.

Le directeur — Mal posée ?

Parpaille — Vos idées sont tout à fait claires, monsieur le directeur. Limpides. Evidemment. C'est juste que vous vous serez mal exprimé. Cela arrive aux plus grands. Tout le temps. Ce que monsieur le directeur veut dire c'est que vous avez raison de vous préoccuper de la manière dont notre établissement fonctionne. Il vous félicite pour votre engagement, pour votre énergie et vos jolies bannières. N'est-ce pas ?

Le directeur — Oui ? Bravo.

Parpaille — Il est tout à fait normal que monsieur le directeur vous écoute attentivement et fasse tout son possible pour vous satisfaire. Tenez, la semaine prochaine, nous recevons un groupe de parents qui exigent le renvoi de tous les élèves ayant une déficience visuelle. Ils font remarquer avec justesse que cela peut s'avérer dangereux lors des cours pratiques avec lancer de sortilège. Un accident est si vite arrivé.

Narrateur — « Mais, mon fils a des lunettes ! » lança une voix inquiète parmi les parents.

Parpaille — Oh rassurez-vous, rassurez-vous. Il pourra sûrement être accueilli dans une autre école. Enfin, sans doute. Mais à Ithtir, nous devons permettre à la majorité d'opprimer chaque minorité, c'est une évidence.

Le directeur — (*aparté*) Dites, Parpaille, qu'est-ce que vous…?

Parpaille — (*aparté*) Je vous conjure de me laisser terminer, monsieur. J'ai vu l'un des parents jeter un regard perplexe vers votre chapeau… Je crois que la situation peut dégénérer. Restez discret, monsieur. S'il vous plait.

Narrateur — « La fille, elle est myope ? » demanda une maman dont la voix vibrait d'un espoir farouche.

Parpaille — Elle a une excellente vue.

Le directeur — Et elle est un garçon, ne l'oublions pas.

Narrateur — « Vous essayez de noyer le poisson ! » gronda un monsieur volumineux qui fendit la foule pour se planter devant le bureau. « Nous sommes là au nom d'un principe. Pas de fille ici ! »

Parpaille — Absolument. Les principes sont primordiaux. Monsieur le directeur est d'accord avec vous. Ithtir a été fondé avec pour idée-force l'excellence des cours, des enseignants et des élèves. Or, nous recevons de nombreux courriers, des centaines et des centaines pour ne rien vous cacher, qui réclament un rehaussement significatif du niveau. Vos enfants sont très certainement parmi les meilleurs de l'Institut, et c'est heureux, parce que dans le cas contraire, si nous décidons de suivre les exigences de ces très nombreux parents, ils devront nous quitter dès l'an prochain.

Narrateur — « Mais qu'est-ce qu'on va faire de notre petit Clombert ? », gémit une Maman à l'adresse d'un Papa qui n'était soudain plus très convaincu d'avoir eu raison de faire le déplacement. Les autres parents, d'ailleurs, échangeaient des regards empreints d'incertitude et de beaucoup d'innocence, des regards qui auraient bien voulu tomber à bras raccourci sur un coupable à qui faire payer la belle assurance désormais écaillée avec laquelle ils avaient franchi le seuil de cette porte. Le monsieur volumineux, juste devant le bureau, fulminait. Dans une certaine lumière et sous un certain angle, on aurait vu comme de la vapeur s'élever autour de lui. « Vous ne répondez absolument pas à nos revendications ! » s'exclama-t-il.

Parpaille — Pour l'heure, nous ne répondons pas non plus à ceux qui veulent interdire les élèves en surpoids.

Narrateur — Les volutes de vapeur se condensèrent en longues coulées de sueur sur le front du monsieur volumineux. Il garda le silence. Un silence tonitruant.

Le directeur — Hem… Monsieur Parpaille, dites-moi… Si nous accédons à toutes les demandes que nous recevons. Combien restera-t-il d'élèves à Ithtir ?

Parpaille — Pardonnez-moi, je n'ai pas fait le calcul, monsieur. Mais je dirais huit. Non. Sept.

Narrateur — Les parents d'élèves firent un pas en arrière. Le directeur n'avait jamais vu se produire un tel phénomène en trente et un an de carrière. Il n'avait donc aucune idée de la manière dont il fallait réagir. En terrain inconnu, il se réfugia derrière sa vocation de professeur.

Le directeur — Hem… Eh bien je crois que cela nous enseigne que notre établissement ne peut pas fonctionner à la carte, n'est-ce pas Parpaille ?

Parpaille — Tout à fait, monsieur le directeur. Votre démonstration est brillante.

Narrateur — « Et la fille, elle a le niveau pour rester ? » questionna une voix revancharde mais plus très sûre d'elle-même.

Parpaille — Sur ce critère, monsieur, elles serait la dernière que l'on puisse renvoyer. C'est dommage, je le reconnais. Mais on peut essayer quand même.

Narrateur — « Non, non.» La foule, désarmée, vaincue, s'évanouit comme un nuage de fumée, laissant le directeur et son secrétaire dans le bureau déserté où flottait un drôle de sentiment victorieux. Le directeur, toutefois, fit la grimace alors que monsieur Parpaille refermait la porte. Il sentait comme un arrière-goût amer, quelque chose qu'il ne parvenait pas bien à identifier. Jusqu'à ce que…

Le directeur — Ca veut dire qu'on va devoir la garder !

Parpaille — Monsieur ?

Le directeur — Dites-moi si je me trompe, mais est-ce que je ne viens pas quasiment de dire à ces gens que cette fille –appelons un chat un chat– que cette fille ne sera pas renvoyée ?

Parpaille — Quasiment ? C'est possible, monsieur. Mais pas explicitement, ça non !

Le directeur — Je crois que tout ça s'est passé un peu trop vite pour moi, Parpaille.

Parpaille — Nenni ! Vous fûtes splendide.

Le directeur — Mais vous, en revanche, vous avez menti.

Parpaille — Moi ?

Le directeur — Au sujet de ces parents qui veulent qu'on expulse les mal voyants ou bien les gros.

Parpaille — Certes non, monsieur. Madame Vanotarhr a obtenu un rendez-vous avec vous la semaine prochaine pour vous en parler.

Le directeur — Ah bon ?

Parpaille — C'est dans votre agenda, monsieur.

Le directeur — Mais alors, ces gens sont complètement fous ?!

Atterré, il met son chapeau sur sa tête et s'approche de son miroir.

Le directeur — Laissez-moi Parpaille. J'ai du travail.

Parpaille — Bien sûr, monsieur.

Il sort. Le directeur reste un moment apathique. Puis il dégaine sa baguette et menace son reflet.

Le directeur — Vous croyez aller ou comme ça, scélérat ? Hum ? Attention, larron ! Non, non… Ce n'est pas ça du tout. Ca ne va pas. Ah oui, c'était ça : je vous y prends, sacripant !

Noir

Acte 4 - Scène 1

Méliandra, Terry, Dharen.

Dans la cour de l'Esplanade. Dharen avance, furieux. Terry le suit, quelques pas en retrait.

Terry — Je vois pas pourquoi tu t'énerves. On était prévenus.

Dharen — Oui, je sais. A chaque fois. Douze fois, c'est ça ?

Terry — Oui. Douze fois sur quatorze cours. Il fallait bien que ça arrive.

Dharen — Mais pas aujourd'hui ! On n'a pas révisé correctement.

Terry — Tu crois que tu as raté l'interro ?

Dharen — Non. Non, j'espère pas.

Terry — Bah alors, c'est quoi le problème ?

Dharen — Ca tombe le jour où on n'a pas bien révisé. C'est pas juste, ça m'énerve, c'est tout !

Terry — Mais puisque tu dis que t'as pas raté…

Dharen — Ca aurait pu arriver ! On n'a pas le droit de prendre des risques comme ça. C'est notre avenir qui est en jeu.

Terry — Ecoute Dharen, je crois que tu es un peu trop stressé. Les notes c'est important, mais faut pas exagérer.

Dharen — En plus on est dans la classe de la fille ! Quelle conséquence ca va avoir sur la valeur de notre diplôme d'après toi ?

Terry — Ben… Aucune !

Dharen — Pff ! Idéaliste ! Tout le monde sait bien que ca risque de remettre en cause la qualité de l'enseignement dispensé.

Terry — Arrête d'écouter les discussions des profs au réfectoire !

Dharen — Oui, oui, c'est ça. N'empêche ça pose des problèmes, c'est comme ça.

Terry — Oh là là, il faut que tu te détendes, je te jure. Depuis que Méliandra nous a tout dit, t'es à cran. Je comprends pas pourquoi.

Dharen — Mais oui, mais parce que toi, t'es un optimiste. Tu vois le mal nulle part. Tu te rends pas compte qu'on avait créé des liens vachement forts et que maintenant ça va plus durer.

Terry — Pourquoi, ça va plus durer ?

Dharen — On peut pas être meilleur ami avec une fille. Ca marche pas.

Terry — Je suis pas d'accord.

Dharen — Pff. Oui, je me doute, monsieur l'idéaliste.

Terry — L'amitié, ça n'a pas de rapport avec le sexe, hein. Enfin, je crois. En tout cas, pour moi, ça change rien. Et on peut continuer à l'appeler Méliandro, comme tout le monde. Arrête de bouder, Dharen ! Pour l'instant tout va bien, et là tu t'angoisses pour quelque chose qui n'arrivera sans doute pas. Quoi, tu as peur qu'il y en ait un de nous deux qui tombe amoureux d'elle ? Ou qu'elle tombe amoureuse de l'un de nous ?

Derrière les garçons, Méliandra est entrée en scène sans qu'ils s'en aperçoivent. Dharen hausse les épaules, agite un peu la main, bref est incapable de mettre des mots sur son inquiétude.

Terry — Mais on est des amis. Et en plus elle a besoin de nous en ce moment, on sait pas encore si le directeur va pas la renvoyer.

Méliandra — En plus si ça se trouve c'est vous deux qui allez être amoureux. Et moi ça me dérange pas, je m'en fiche, hein !

Ils se retournent vers elle.

Terry — Hé ! Ca se fait pas d'écouter ! Mais…

Dharen — C'est quoi ces vêtements ?! T'es pas fou, dis ?

Méliandra a mis une jupe, elle porte même ses cheveux détachés (en option).

Méliandra — J'avais envie de changer.

Dharen — Mais faut pas faire ça. Pourquoi elle fait ça ? Pourquoi tu fais ça ? Retourne dans ta chambre. Ils vont te voir. Referme ta blouse et cache tes cheveux ! Vite !

Méliandra — Qu'est-ce que ça change qu'ils me voient ? Puisqu'ils savent. Puisqu'ils croient savoir.

Dharen — Mais là tu les provoques !

Méliandra — Non.

Terry — Si. Là, quand même, je suis d'accord avec Dharen. Ils vont mal le prendre.

Méliandra — Au moins, plus personne ne chuchotera dans mon dos !

Dharen — Tu rigoles ? Tu crois qu'on peut empêcher les gens de faire ça ? Y a des magiciens qui ont passé toute leur vie à chercher un sortilège qui fasse taire les gens. Du temps perdu !

Terry — Et puis toi, tu t'en fiches pas de ce que les gens peuvent dire ?

Méliandra — Ben euh… C'est pas la question.

Dharen — Si ! Terry a posé une excellente question. Merci Terry.

Terry — Laisse-les croire ce qu'ils veulent. L'important c'est d'être avec nous.

Dharen — Et d'avoir ton diplôme et de prendre la place de Maître Dourate. C'est pas ce que tu voulais ?

Méliandra — (*boudeuse*) Oui !

Acte 4 - Scène 2

Mme Frambure, Méliandra, Terry, Dharen.

Madame Frambure passe dans la cour avec un quelconque ustensile de ménage. Elle remarque bien vite Méliandra dans ses vêtements inhabituels.

Mme Frambure — Qu'est-ce… C'est-y que j'eusse la berlue ?

Terry — Bonjour, Madame Frambure.

Dharen — (*faisant diversion*) Le temps est superbe aujourd'hui, n'est-ce pas ?

Mme Frambure — (*sans quitter Méliandra des yeux*). Mouais… Ils annoncent de la pluie, ou bien de la neige.

Méliandra — Ca va, madame Frambure ?

Mme Frambure — En voilà de drôles d'habits pour un élève. Non ?

Méliandra — Je porte ma blouse, madame Frambure.

Mme Frambure — Vrai.

Méliandra — Le professeur Ploumanteuve porte des jupes sous ses robes de mage à ce qu'il paraît.

Mme Frambure — A ce qu'il paraît, hum hum.

Méliandra — Alors je ne vois pas ce que ma tenue a de si bizarre.

Mme Frambure — J'ai pas dit bizarre. J'ai dit drôle. C'est drôle parce que v'là t'y pas que tu s'rais en train de nous dire à nous aut' : « Hé ! R'gardez voir : J'suis une fille ! »

Méliandra — Oh non. Ca ne serait pas bien. Mais j'évite aux gens de se poser trop de questions. Ca les fatigue, ça les énerve, et après ils disent des âneries.

Mme Frambure — Moui. Possible. Donc, attends voir, si j'ai bien tout compris. T'es bien une fille ?

Méliandra — Oui, madame Frambure.

Mme Frambure — Salquebioude ! J'arrive pas à le croire.

Méliandra — Ben… Si je vous le dis.

Mme Frambure — D'accord, d'accord. Mais c'est point pareil. Moi, quand c'était rien qu'une rumeur, j'y croyais drôlement *plusse*.

Terry — Vous croyez que ça va changer quelque chose ?

Mme Frambure — Du moment qu'elle continue à porter sa blouse et les vêtements qu'on y donne, moi ça va pas changer ma lessive. Et pis, à bien réfléchir, les filles ça mange pareil que les gars. Du pareil au même donc. Qu'est-ce que tu veux que ça change toi, p'tit gars ? Mais j'en connais une qu'a pas fini de jacasser et de se plaindre à son mari. Tiens donc… Suffisait qu'on en cause.

Acte 4 - Scène 3

Mme Massuart, Mme Frambure, Méliandra, (+ Terry & Dharen).

Madame Massuart arrive à toute allure. De loin, elle tempête, rassemble son chignon et se compose un grand sourire archifaux.

Mme Massuart — Ca alors, ma parole, mais n'est-ce pas une petite fille ?

Méliandra — Bonjour, madame Massuart.

Mme Massuart — (*attendrie*) Bonjour, ma chérie. Ooh, comme tu es mignonne. Tu en avais assez de t'habiller comme les garçons, n'est-ce pas ? C'est beaucoup plus agréable comme ça, n'est-ce pas ? Et c'est plus naturel, c'est plus convenable. N'est-ce pas ? N'est-ce pas ?

Méliandra — Je sais pas, madame.

Mme Massuart — Eh voilà ! Tu es toute perturbée. Pauvre enfant. Je l'avais dit à mon mari : le directeur. Je le lui avais dit. Ca va la perturber, lui ai-je dit. Mais m'a-t-il écouté ? Bien sûr que non. M'aurait-il écouté qu'il aurait bien compris que cela risquait de te perturber, chère enfant, puisque je le lui avais dit. Moi, je n'ai pas eu d'enfant, tu sais ? Mon mari travaille trop, nous n'avons jamais trouvé le temps. C'est bien dommage. Cela aurait un peu égayé notre vie. (*se tourne brutalement vers Mme Frambure*) Vous n'avez vraiment rien d'autre à faire, madame Frambure ?

Mme Frambure — Non merci, madame. Et vous ?

Mme Massuart — Et vous, les garçons ?

Dharen — Pardon ?

Mme Massuart — Qu'est-ce que vous faites là, au juste ?

Terry — Ben, on est en récréation, madame.

Mme Massuart — Et vous ne pouvez pas faire ça ailleurs ? A l'autre bout de l'Esplanade par exemple ? Allez, allez !

Ils s'éloignent. Mme Frambure en revanche passe négligemment la serpillère ou ce qu'elle veut sur le sol sans trop s'éloigner....

Mme Massuart — Tu vois, ma petite, je vais te dire une chose : je suis bien contente.

Méliandra — Tant mieux si vous êtes bien contente, madame.

Mme Massuart — Oui, parce que j'avais raison. Tu es une fille. Il fallait bien que ça ressorte. C'est inné chez nous : le charme, la grâce, l'envie d'être féminine. (*Mme Frambure passe la serpillère sur les belles chaussures de Mme Massuart*) Mais enfin, faites attention, madame Frambure !

Mme Frambure — Mille *esscuses*, m'dame.

Mme Massuart — Tu veux t'affirmer en tant que femme, et c'est normal. C'est très convenable. C'est très, très convenable. Je parie que tu te sens mieux à présent que tu affiches la vérité, n'est-ce pas ? C'est une libération. Tu es en harmonie avec ton Moi profond.

Méliandra — J'en sais rien, madame. Moi, j'ai fait ça pour qu'on arrête de dire n'importe quoi sur moi. Maintenant on pourra bien dire que je suis une fille ; c'est pas grave puisque c'est vrai.

Mme Massuart — Hem. Oui. Mais tu es également soulagée de pouvoir exprimer qui tu es vraiment.

Méliandra — Pardon, mais je comprends pas. J'étais déjà moi, hier.

Mme Massuart — Oui ! Je le sais bien. Mais enfin, il faut bien qu'à présent tu te sentes plus toi, que tu te sentes mieux, plus euh… ah voilà : épanouïe !

Méliandra — Non.

Mme Massuart — Te moquerais-tu de ...? (*coup de serpillère !*) Mais enfin, Madame Frambure, vous le faites exprès !? C'est pas possible !

Mme Frambure — Je suis navrée, m'dame. Pardon, pardon. J'ai pas pu m'empêcher d'entendre ce que vous *disez* de par le fait que je vous écoutais... M'fait comme une drôle d'impression à vous entendre. Comme si qu'être une fille, ce s'rait un fardeau, une honte.

Mme Massuart — Absolument pas. Pas dès l'instant où on l'assume.

Mme Frambure — Hum ?

Mme Massuart — Le fardeau.

Mme Frambure — Ah. Donc, c'est un fardeau.

Mme Massuart — Je viens de vous dire que non.

Méliandra — Si. Vous avez dit qu'il fallait l'assumer, le fardeau.

Mme Massuart — Mais c'est une école de garçons ! Ne faites pas semblant de ne pas comprendre que ce n'est pas un endroit fait pour les filles ! Heureusement, je suis là. Dès demain, nous prendrons le thé ensemble. La préparation du thé répond à des usages précis, très codifiés ; tu apporteras un cahier, un crayon bleu et un crayon rouge. Et puis, naturellement, nous aborderons les matières principales : couture, broderie, coiffure, comment sourire, comment rougir, le macramé, la pâtisserie.

Méliandra — Demain, je n'ai pas le temps, j'ai Practomancie, Runologie et Métamétrique.

Mme Massuart — N'essaie pas de me faire croire que tu comprends quelque chose à tout ça. Tu te mens à toi-même, euh... Sandra ?

Mme Frambure — Elle s'appelle Méliandra. Et c'est un des meilleurs élèves de deuxième niveau[3].

---

[3] Mme Frambure emploie effectivement cette phrase au masculin. Elle en avait envie.

Mme Massuart — Vous vous oubliez, madame Frambure. Vous n'êtes pas là pour donner votre avis.

Mme Frambure — Et pourquoi donc que ça ?

Mme Massuart — Vous êtes femme de ménage.

Mme Frambure — Intendante.

Mme Massuart — Appelez ça comme vous voulez. Ce n'est point convenable.

Mme Frambure — Si j'étais un monsieur, ça changerait que'que chose ?

Mme Massuart — Je ne sais pas. Ce que je sais, c'est que ce n'est point convenable.

Mme Frambure — Et ça vous suffit ça, comme explication ? « Oh, ce n'est point convenable, point convenable que ceci. Mazette. Juste Ciel ! Que c'est malséant ! — Vous avez raison ma chère, c'est In-to-lé-ra-ble. Point convenable du tout du tout. » Pour moi, faites *esscuse*, ça explique que dalle.

Mme Massuart — Vous avez fini ? Est-ce que vous oubliez à qui vous parlez ? Je suis en droit d'attendre quelques marques de respect de votre part, madame Frambure !

Mme Frambure — Ce que vous êtes, madame Massuart, vous l'êtes parce qu'un benêt d'ancien élève d'une fichue école de garçons vous a glissée dans son lit un soir de beuverie que sans doute qu'il se rendait pas bien compte de c'qu'il faisait. Tandis que moi, ce que je suis, je le suis par mon travail ! Et si vous me méprisez pour ça, vous méritez bien tout le mépris que j'ai pour vous ! Et pis que j'en ai en réserve, y a qu'à d'mander.

Mme Massuart — Alors c'est que vous n'avez pas compris comment fonctionne notre société ! Ce sont les femmes des hommes d'influence qui dirigent le monde. Et il y a bien plus de mérite à influencer un directeur qu'à récurer une cour d'école !

Méliandra — Dites, la guerre des sexes, vous êtes pas censées la faire contre les hommes ?

Silence.

Mme Massuart — Sexe ? Ce n'est pas un mot qu'on prononce dans une école de garçons, ça ! Ni dans une école de fille, bien entendu. Point convenable…

Mme Frambure — Guerre ? Vaut mieux éviter de parler de *guerre* dans une école de magie, hein !

Méliandra — Moi je suis pas là pour donner raison à madame Frambure plutôt qu'à vous, madame Massuart. Ni l'inverse, sans doute. Je suis juste là pour apprendre la magie. Je trouve ça chouette, ça me plaît. J'ai des bonnes notes. Alors c'est quoi le problème ? Vous vous disputez comme si vous pouviez décider ce qui est mieux pour moi. J'ai le droit d'avoir un avis, oui ?

Mme Massuart — Mais enfin, ne sois pas sotte ! Tu es une enfant. Tu le sais ça, que tu es une enfant. On ne demande pas son avis à un enfant. Un enfant n'a aucun avis. Tu ne sais rien sur rien.

Méliandra — Si. (*elle sort sa baguette*) Par exemple, je sais comment changer vos chaussures en pots de chambre.

Mme Massuart — Quoi ?! Range cette baguette ! Mais que leur apprend-on dans cette école ?!

Méliandra — C'est un copain de cinquième niveau qui nous a montré ça.

Mme Frambure — Mouais. Tu diras à ce petit monsieur Mærendis de venir me voir.

Méliandra — J'ai pas dit que c'était lui !

Mme Frambure — Oui, c'est ça, j'en parlerai à mon meuble à chaussures.

Mme Massuart — Cessez de nous parler de chaussures ! Il est question d'éducation. J'avais raison. Vous voyez bien que j'avais raison puisque la voici qui joue avec une baguette comme si elle était un garçon. Ca ne va pas du tout !

Méliandra — Mais, si moi ça me plaît !?

Mme Massuart — Ca suffit ! Allons, en voilà des manières. Ne m'oblige pas à me répéter, ou ça va mal se passer. Tu es une enfant : tu n'as aucun avis sur rien. Tout le monde sait ça.

Méliandra — J'ai pas encore un avis sur tout, c'est pas pareil. Et j'ai comme l'impression que c'est pas plus mal.

Mme Massuart — (*suffoquée*) Mais comment oses-tu ? Je te tends la main pour remettre de l'ordre dans cette école bouleversée par ta présence. Je cherche à sauver ta féminité… Et tu te permets de me juger ?! Cessez de ricaner, madame Frambure, c'est agaçant. Si, si, c'est agaçant. Vous êtes très agaçante. Toutes les deux ! Ne croyez pas que ça se passera comme ça. Il y a des convenances dans la vie, des choses qui se font, et des choses qui ne se font pas. Et tout le monde le sait ! Je m'en vais écrire un courrier, croyez-m'en, qui fera du bruit, et je vais… Vous allez voir ce que je vais faire. On va m'entendre… (*elle continue de grommeler en quittant la scène*) jusqu'à Nordaride, qu'on va m'entendre…

Mme Frambure — (*Respire à fond*) Hmm, quelle belle journée ! Ca faisait longtemps que personne n'avait mis c'te dame si tant en colère que ça. Merci.

Méliandra — Euh… De rien.

Mme Frambure — T'as bien raison d'apprendre qu'est-ce que tu as envie d'apprendre. Mais, quand même, moi j'me d'mande pourquoi que t'es pas allée trouver une sorcière dans une forêt. Pas ça qui manque. La sorcellerie, ça c'est d'la bonne magie de femme.

Quelle drôle d'idée de v'nir ici, chez les garçons. Avec tous ces tracas…

Méliandra — Vous y croyez, vous, qu'il y aurait des choses, des formes de magie réservées aux femmes et d'autres qui ne seraient que pour les hommes ?

Mme Frambure — (*hésite, embêtée*) Moi, tu sais, je suis un peu comme tout le monde, j'ai des réponses toutes faites dans la tête sur ce genre de sujet. Comme tout le monde. Mais toi, tu m'as convaincue d'une chose, tu sais quoi ? Si t'es bien leur meilleur élève qu'ils ont ici, comme que j'ai entendu dire, alors m'est avis que tu trouveras à y répondre toute seule à c'te question que tu te poses.

Méliandra — Oui. J'aimerais bien.

Mme Frambure — Et alors la question se posera plus.

Méliandra — Vous êtes sûre ?

Mme Frambure — Non.

Mme Frambure sort.

Acte 4 - Scène 4

Méliandra, Terry, Dharen, Narrateur.

Terry et Dharen accourent.

Terry — Eh, dis, ton père, c'est un génie, tu crois ? Ou alors il a juste eu un grand coup de bol ?

Méliandra — Hein ?

Dharen — Le directeur a flanqué à la porte des parents d'élèves qui voulaient qu'on te renvoie.

Terry — C'est super, non ?

Méliandra — Je sais pas. Mon père serait en colère. Il voulait absolument que je mente. Au moins jusqu'au cinquième niveau, il m'a dit. Atteindre le cinquième niveau, ce serait très bien, et si tu es très bonne élève, ils te garderont peut-être.

Terry — Mais là on n'est qu'en deuxième niveau.

Méliandra — Oui. Ca, je sais.

Terry — Il n'empêche qu'on dirait que ça se passe pas trop mal. Sinon madame Massuart serait pas si furieuse.

Méliandra — Oui… C'est toujours ça.

Terry — On pourrait même faire une pétition. Pour protester si on essaie de te renvoyer. Dharen a au moins quatre cousins étudiants.

Dharen — Cinq. Et j'ai un oncle professeur.

Terry — Voilà. Ils pourront nous aider avec la pétition.

Dharen — Euh… Moui.

Méliandra — C'est gentil, mais on n'en aura pas besoin. Je suis la meilleure élève. Ils n'ont aucune raison de me renvoyer. Aucune. Alors je vais rester.

Entrée du Narrateur.

Narrateur — Parmi les qualités de Méliandra, on pouvait citer l'opiniâtreté, le courage, l'intelligence, mais pas la modestie. A dire vrai, elle n'avait pas vraiment bon caractère et il fallait absolument qu'elle montre qu'elle était la meilleure en beaucoup de domaines.

Méliandra — Hé, c'est pas vrai, ça ! J'ai un très bon caractère. Vous dites n'importe quoi.

Narrateur — C'est moi qui raconte cette histoire. C'est moi qu'on écoute. C'est moi qui ai raison.

Méliandra — C'est pas juste ça ! C'est pas vous qui avez à subir tout ça. Vous voulez qu'on échange pour voir ?

Narrateur — C'est inutile, tu sais. Je connais parfaitement bien cette histoire. C'est bien pour ça que je la raconte. Il y a soixante dix ans, j'étais là.

Méliandra — Ah ouais ? Où ça ?

Le narrateur désigne Terry.[4]

Narrateur — Aujourd'hui, je suis le directeur de l'Institut, mais à l'époque j'étais un petit garçon qu'on appelait Terry.

Terry — C'est pas vrai ! Vous êtes moi ? Mais la vache, je suis vieux !

Narrateur — Ne m'en parle pas. Enfin, ça n'est pas la pire chose qui puisse t'arriver.

Méliandra — Mais qu'est-ce que vous faites là ?

Narrateur — Je raconte l'histoire, je suis le narrateur. D'ailleurs je ne suis pas censé discuter avec vous. Nous perdons du temps, ça n'intéresse pas les gens. Dans la prochaine scène le directeur va rassembler toute

[4] Variante : si le narrateur est une narratrice, elle désigne Méliandra, et les 4 répliques qui suivent sont à remplacer par celles-ci.
Méliandra — Moi ? Vous pouvez pas être moi ! C'est moi qui suis… moi. Non ?
Narratrice — Je ne suis pas toi. J'ai été toi, c'est un peu différent.
Méliandra — Ah ouais ?
Terry — Mais qu'est-ce que vous faites là ?

l'école ici pour faire une déclaration. Et ce sera presque la fin de l'histoire.

Méliandra — Déjà ?

Narrateur — Ne t'inquiète pas, il vous arrivera encore bien des choses après ça, avec de la magie, et même un énorme dragon… Mais ça, c'est une autre histoire.

Méliandra — Ah d'accord. Compris.

Narrateur — Bon, allez, allez, faites de la place. Le directeur arrive.

Acte 4 - Scène 5

Le directeur, Udarget, Parpaille, Méliandra, Terry, Dharen, Narrateur (+ figurants ?).

Le directeur vient se placer face au public. Les élèves et professeur se massent sur les côtés.

Le directeur — (*toussotements*) Ahem. Hem. Mes chers collègues. Mes chers élèves. Il y a ici une question que tout le monde se pose à propos de l'un d'entre vous. A vrai dire… Un certain changement vestimentaire a quelque peu éclairci la réponse, mais passons. Cette question que tout le monde se pose, je vous le dis *solennnnnellement* : elle ne se pose pas. Donc, je ne la poserai pas. Et vous non plus. Il y en a peut-être parmi vous certains qui se demanderont pourquoi. Ils ont le droit de se demander pourquoi. Le pourquoi est fort simple. Si je prends la décision de renvoyer un élève sous prétexte qu'il est une fille, tout le monde pourra en conclure qu'une fille s'est inscrite à Ithtir. Logique, n'est-ce pas ? Or, nous ne pouvons pas permettre cela. Cela créerait un précédent fâcheux. Vous comprenez ? Je ne peux pas prendre cette responsabilité. Enfin… Si. Je peux. Mais je n'en ai pas envie. Alors écoutez-moi bien. Je vais être clair. Elle est un garçon. C'est comme ça. Une preuve ? *Il* est *inscrite* chez nous. Ce sera tout. Je vous remercie.

La foule des élèves et profs se disperse. Parpaille s'approche du directeur.

Parpaille — Monsieur, vous m'épatâtes !

Le directeur — Plait-il ?

Parpaille — Vous m'épatâtes. Vous m'ébahîtes. Vous m'impressionnâtes.

Le directeur — Euh…?

Parpaille — Vous fûtes brillant !

Le directeur — Ah oui. Certes. Bien sûr. Mais je vais encore recevoir du courrier, c'est à craindre.

Parpaille — Je me chargerai du courrier, monsieur ! C'est mon devoir.

Le directeur — Heureusement que je vous ai, Parpaille.

Parpaille — Oui, monsieur.

Le directeur — Vous pouvez retournez à vos occupations.

Sortie de Parpaille. Le directeur fait signe à Méliandra d'approcher.

Le directeur — Je viens de mettre un terme à toute cette affaire. J'espère que je n'aurai pas à le regretter.

Méliandra — Ce serait dommage que vous le regrettiez.

Le directeur — N'est-ce pas. J'aimerais assez que tu... que tu évites les... les trucs de fille.

Méliandra — Les trucs de fille ?

Le directeur — Je ne sais pas, moi : les couettes, le rouge sur les ongles, l'arrachage des pétales de marguerite. Ce genre de chose.

Méliandra — Ah, d'accord. Oui, oui, je vais éviter ça.

Le directeur — Bien.

Méliandra — Et c'est tout ?

Le directeur — Hum ?

Narrateur — Le directeur haussa les épaules. Son regard perplexe se perdit dans le vague. Il fallait que cette histoire touche à son terme. Il avait pris la bonne décision, il en était certain. Mais pour autant il n'était pas satisfait.

Le directeur — Non, je ne le suis pas.

Narrateur — Il était préoccupé, habité d'une inquiétude souterraine, latente.

Le directeur — Quelque chose me dit que tout ça va faire du remous.

Narrateur — Les décisions des hommes de pouvoir ont de nombreuses conséquences. Cela fait partie de leurs responsabilités.

Le directeur — Je sais bien cela ! Vous êtes agaçant.

Narrateur — Et sans plus s'occuper de la petite Méliandra d'Azur, le directeur Massuart quitta l'Esplanade en direction de son bureau, au sommet de la Tour Aînée de l'Institut.

Le directeur — Oui, ça va, je sais où est mon bureau. Ah non, hein, ne me suivez pas !

Narrateur — Etrangement agité, le directeur disparut, (*sortie du directeur*) laissant Méliandra savourer une victoire qu'elle s'étonna de trouver bizarrement amère.

Sortie du narrateur.

Acte 4 - Scène 6

Méliandra, Terry, Dharen.

Les enfants se retrouvent seuls sur l'Esplanade.

Dharen — Bon, eh bien ça, c'est fait.

Terry — T'as pas l'air contente.

Dharen — Qu'est-ce qu'il y a ? T'as plus envie d'être une fille, c'est ça ? Je t'avais prévenu ! C'est trop tard.

Méliandra — Mais non, Dharen, arrête !

Dharen — Ben alors c'est quoi le problème ?

Méliandra — J'en sais rien, c'est bizarre. Ils me gardent, mais c'est juste pour ne pas admettre qu'ils ont permis que je m'inscrive. C'est hypocrite comme décision !

Dharen — Bien sûr ! Mais c'est quoi le problème ?

Méliandra — J'ai dit : "c'est hypocrite comme décision".

Dharen — Oh, Méliandra on n'est plus des enfants ! On va pas faire comme si l'hypocrisie, c'était mal.

Terry — Ah bon ? (*regard noir de Dharen*). Ah, non, non, bien sûr.

Méliandra — Mon père se disait que ça permettrait que d'autres filles puissent s'inscrire.

Dharen — Il a eut tort. Tant mieux. Enfin… Tant pis.

Méliandra — Le monde est toujours aussi injuste qu'avant. Je pensais que ça changerait quelque chose. Mais finalement, non.

Dharen — Tu voulais changer le monde ? (*rires*)

Terry — On le changera quand on sera plus grand.

Méliandra — Moui…

Terry — D'ici là, il faut qu'on fasse de brillantes études.

Méliandra — Oui, oui.

Terry — Tu ne crois pas que c'est possible ?

Méliandra — Si. Je suis un peu déçue, mais ça va passer. Ca va aller. De mieux en mieux !

Dharen tend la main en levant les yeux au ciel.

Dharen — Tiens, il pleut.

Les autres font comme lui.

Terry — Il neige.

Méliandra — (*facétieuse*) Il pleige.

Fin

Les Enigmes de l'Aube
Thomas C. Durand

En roman, l'histoire d'Anyelle, 70 ans après celle de Méliandra d'Azur :

Tome 1 — Premier Souffle

Anyelle a un don ! Elle peut renforcer la magie de ceux qu'elle touche. Mais pour maîtriser cette aptitude et apprendre, elle doit quitter la forêt qui l'a vue naître pour une école prestigieuse de magie... qui n'aime malheureusement pour elle, ni les filles ni les pauvres...

Tome 2 — Les Quatre Vérités

Anyelle a un don très particulier, du genre de ceux qu'il lui faut apprendre à maîtriser de toute urgence. Mais les écoles de magie sont des endroits peu ouverts aux filles, surtout si elles ne viennent pas de familles riches. Pourtant, pas de quoi remettre en cause sa détermination à rentrer dans le collège de magie qu'elle souhaite intégrer ! Après le tome 1, Premier souffle, Thomas C. Durand nous régale une nouvelle fois avec les aventures d'Anyelle, personnage hilarant, dans une satire féroce de notre monde sous couvert de fantasy.

Quelques pièces du même auteur

Le marteau des sorcières Ou le sommeil de la raison

1h45. 2 hommes – 2 femmes.

Une femme se réfugie chez le Docteur Janvier, connu pour son rationalisme, car la population de Rormond l'accuse de sorcellerie, et bientôt l'inquisition s'intéresse à elle.

Mont de Dieux ! comédie 'culte'

2 heures. 6 hommes – 3 femmes (+ une voix Off).

Tout fout le camp sur le Mont Olympe. Zeus est fatigué d'être roi des dieux. Il aimerait prendre un peu de recul... vendre l'univers ?
Justement, deux monothéistes (un ange et un démon) viennent pour acheter l'entreprise familiale.
Seulement voilà, Héra a invité la famille pour l'anniversaire de Zeus et elle ne veut pas entendre parler de vente.
Il y a de l'orage dans l'air, en somme.

L'avis du mort comédie policière

1h30. 4 hommes – 3 femmes (modulable).

Hervé Perdeillon est éditeur, et il est mort. Ca l'ennuie parce qu'il avait un emploi du temps chargé. Il hante désormais le bureau où il a été tué à coup de statuette de bronze sur le crâne. On enquête ; ses amis deviennent soudain suspects. Et même si Hervé finit par comprendre qui l'a tué, personne ne l'écoute. En somme, on se moque de l'avis du mort.

L'embarras du choix comédie de mœurs

1h40. 4 hommes – 2 femmes.

Nous sommes dimanche midi. Etienne et Irène arrivent à l'appartement que leur fils partage avec Maxime. Il n'y a personne. Ils patientent en s'obstinant à ne rien voir des indices qui jalonnent le salon. Car Florian et Maxime s'aiment, et tout le monde l'a compris, mais on fait mine de rien parce qu'on ne sait pas comment aborder la question. Sauf que ce dimanche là, une machination est en place pour que la vérité soit dite.

Psyché comédie tragique

2h. 7 hommes – 5 femmes.

La légende de Psyché, amoureuse de Eros, plus que légèrement adaptée avec une famille (re)composée de Midas, roi dépressif qui ne parle qu'en alexandrins ; Pasiphaé, reine égoïste et piètre mère ; Pandore et Cassandre en improbables sœurs de Psyché ; et Psyché elle-même, jeune princesse au charme ravageur à laquelle bien des prophéties ont prédit un destin hors du commun. Reconnaissons aussi que c'est un peu ce qu'on attend d'une prophétie...

Le Propre de l'Homme comédie pseudo-scientifique

1h30. 7 personnages.

Dans un monde où l'on ne rit presque plus, un laboratoire scientifique tente de comprendre ce qu'est le rire. Dans une chambre secrète est enfermé un précieux cobaye, un homme doté d'humour. Il est Belge… Ces chercheurs sont-ils sur la bonne voie pour découvrir le "propre de l'homme" pour peu qu'une telle chose existe ?

www.ingramcontent.com/pod-product-compliance
Lightning Source LLC
LaVergne TN
LVHW050327160826
845677LV00014B/3559

* 9 7 9 8 4 8 4 1 8 1 3 5 3 *